时光的印记

同亚莉 著

陕西新华出版

太白文艺出版社·西安

图书在版编目（CIP）数据

时光的印记/同亚莉著. -- 西安：太白文艺出版
社, 2023.1（2025.1重印）
ISBN 978-7-5513-2332-1

Ⅰ.①时… Ⅱ.①同… Ⅲ.①散文集－中国－当代
Ⅳ.①I267

中国国家版本馆CIP数据核字(2023)第016325号

时光的印记
SHIGUANG DE YINJI

作　　者	同亚莉	
责任编辑	姚亚丽	
封面设计	王　洋	
版式设计	建明文化	
出版发行	太白文艺出版社	
经　　销	新华书店	
印　　刷	三河市嵩川印刷有限公司	
开　　本	787mm×1092mm　1/32	
字　　数	144千字	
印　　张	8.25	
版　　次	2023年1月第1版	
印　　次	2025年1月第2次印刷	
书　　号	ISBN 978-7-5513-2332-1	
定　　价	58.00元	

出版社地址：西安市曲江新区登高路1388号（邮编：710061）
营销中心电话：029-87277748　029-87217872

在时光里漫步

    我是去年秋天拿到这部书稿的，一读，便一下子喜欢上了。原因呢，作者和我是同龄人，且有着相近的生活经历，皆出身关中农村，上世纪八十年代初，通过考学，走出农村步入城市。在情感上是相通的，这大约就是所谓的共情吧。总体感觉，这些源自作者心灵深处的文字，如时光深处流淌出来的老酒，经过岁月的陈酿，质朴、纯净，有着一种独特的醇香。这里面有欢乐，有烦恼，甚至有淡淡的忧伤，有人间烟火气，这都是人生所必须经历的。从某种意义上讲，《时光的印记》是作者同亚莉的个人成长史，同时又是一部时代变迁史。见一叶而知深秋，窥一斑而知全豹，通过读这部作品，上世纪七八十年代至今，几近五十年的岁月，就展现在了我们面前。尽管作品中体现的只是一鳞半爪，但历史就是藏在这些琐碎的、几乎会被人忽视的细节里的。

    《时光的印记》给我的第一个印象是平实的、温暖的。

一篇一篇读下去，我仿佛步入了时光的河流，步入了作者的生活。童年时在田野里拔猪草的快乐，上小学时的烦恼，对原生家庭的特殊情感，以及对养父母的挚爱、赶集的欢乐、第一次坐绿皮火车的忐忑、大学生活的浪漫、登山游历、恋爱结婚、工厂生涯、租房买房、对儿子的拳拳爱心、对孙子的宠爱、一以贯之的文学梦……如数家珍，信手拈来，读之，皆让人感动。我们看到了作者数十年间的奋斗，当然也有无奈和挣扎，劳累和疲惫，以及与生活、社会的和解，但总体的调子是明亮的。这展现出了作者对生活的态度，即积极向上，不断进取。生活如此，工作如此，写作亦如此。如一条清澈的山溪，一路奔腾，一路欢歌，奔向大海。其间，虽也有曲折，有阻碍，但均被抛之身后。可以说，作者从少年时的懵懂，到青年时的青涩，再到如今的澄澈从容，皆从磨砺中来。我们从这些真诚的文字中，感受到了温暖，感受到了作者的包容、善良和悲悯情怀。在《第一次出差》中，作者走上社会，平生第一次到上海出差，面对完全陌生的环境，在遇到困难时得到帮助，作者的心里是热乎乎的，她不由感叹，这世界上还是好人多啊。在《儿行万里》中，因儿子年少即赴美留学，从观看出国指南，到为孩子准备常用药品、生活用品，以及临别时的眼泪，家里沉默、压抑的气氛，将儿子所在城市的天气预报设置关注，等等。通过这些大量细节的描述，一位母亲对儿子的爱，便淋漓尽致地展现在我们面前。任谁读了，能不为之动容？诸如此类的文字，在书中比比皆是。梵高说："没有什么是不朽的，包括艺术本身。唯一不朽的，是艺术所传递出来的对人和世界的理解。"读《时光的印记》，信然。

文以载道，作文，当然要观照世道人心，观照社会现实。这体现出一个作家的良知和良心，也体现出作者对社会的担当和责任。《时光的印记》给我的第二个印象是，作者对生活、对社会现象是深切关注和认真思考的。这部集子里，有大量随笔式的文字。细读，可感知到作者一颗滚烫的心。在《倾听内心的声音》里，作者从三八妇女节里体悟到，一个人只有与自己和睦相处，才是单纯的，又是成熟的，才可以包容别人，与别人愉快相处。作者从少年时起，就喜欢读书和写作，数十年间，尽管生活、工作不断发生着变化，但这一爱好，却从未改变过。她阅读自然，阅读人，亦阅读书。她写风景，写亲情，写人情世故，也写喜怒哀乐。阅读让她的生活变得充实，也让她的头脑变得睿智，思想变得通透。而写作，则让她的生活变得有诗意。它们好似生活这架马车的两个轮子，载着她把日子过得更加滋润和美好。这些，都是令人艳羡的。作者还把笔触深入医院，关注善待生命这一话题，她写了一个肺癌晚期病人的达观和爱。

当然，作为一个知识女性，她也对女性话题持续关注，探讨女性的生活、事业和苦痛。这让我们看到了作者的胸次，也看到了作者的情怀，更看出了作者难能可贵的良心。

这部书稿里还有许多写亲情、友情的文章，诸如回忆童年时和父亲一起去黄龙山换油，去尧头煤矿看望大哥，追忆婆婆对丈夫的疼爱，以及丈夫对自己的关怀，自己对儿子的挂念，对孙子的呵护，朋友间的交往，等等，皆感情真挚，温馨满满。这样的文字，无不流露出作者的温情和善良，更反映出其重情重义的一面。

拉拉杂杂地写下这些，无他，一则算作我的一点读后感；二则算作对作者新著行将面世的一种祝福，愿她未来的文学创作之树，结出更加丰硕的果实。

高亚平

2023年1月3日于西安

（高亚平，作家，西安晚报文化副刊部主任，西安市文艺评论家协会副主席。）

目录

CONTENTS

一　春秋星光

泾河夜色

　　庚子年农历七月中旬的一个夜晚，饭后无事，和两位朋友相约去小区南边一路之隔的泾河河堤散步。这天傍晚的天空分外妖娆，云彩颜色姿态各异。经过了半个月雨水的洗涤，西安迎来了近年来最好的天气，许多人都在朋友圈秀这多姿多彩的天空。

　　其实，那天一大早西安的天气先是乌云遮天，九十点钟的时候天气突然放晴，湛蓝的天空上点缀着千姿百态的白云，这些云朵有的白得像一团团雪，有的像柔软的形态各异的棉花糖，有的像一群一群奔跑的麋鹿和兔子，有的像一群鱼游弋在水中。这些云朵占据了那天我手机朋友圈百分之七八十的内容。更有情调者还将这些云的轮廓用笔勾勒出小白兔、狮子大张口、群鱼涌动这些动物形象来，神态逼真，惟妙惟肖，惹人喜爱。

　　忙了一天的人们，吃过晚饭后出门散步的还真是不少。

我们三人走上河堤时，河堤上就有不少人在散步，有的带着孩子，有的推着婴儿车子或搀扶着老人，有的抱着或者牵着宠物狗，三三两两的年轻人牵着手或者搂着腰，还有一些秦腔自乐班也将活动场所搬到了河堤上，吹拉弹唱，甚是热闹。

这段泾河在我们小区南边和马家湾之间，泾河自西向东款款而流，到了这里往北拐了个弯，又朝东奔流两三公里，然后又朝南转去，形成了一个"U"字形水域，平时水流并不大，河面清凌凌如平镜一样。最近雨水多，泾河河水就像黄河一样，混杂着泥沙，黄而浊，水面也比往年宽了不少，在微风的吹拂下，土黄色的河面泛起了层层涟漪。

沿着河岸线的河堤路是前两年才修成的，西接西安城市运动公园南门，东连陕汽大道，长五六公里。修成后就成了附近人们休闲观光的一个好去处。河南岸是还未来得及修整的树林、草地和一小垄一小垄分割清晰的庄稼地：春季有黄色的油菜花、白色的野花点缀在一片绿色之中；夏季有紫色的薰衣草和红色的喇叭花次第开放；秋季的小片苞谷地和树林草地姹紫嫣红，一派收获的景象。河岸上是一群高低不同的楼房，白天静悄悄地沉寂着，晚上却灯火通明，将楼的外貌诗意地展现给大家。逢春节元宵节时，烟火就从泾河对面的楼宇间升腾起来，惊艳了我们这些在河对面散步的人们。

从这个角度看烟花，绝对比站在现场仰着头看，心里惊恐火苗或渣土从空中掉下来，要惬意和享受得多。

我们脚下的河堤路和我们小区仅一条马路之隔，马路和河堤之间有二三百米的距离。这中间的地还没有完全开发好，高高低低，有草有树，平时人也不多，可河堤路修好后，去河边散步遛弯休闲的人就多了。正如鲁迅先生说的："世上本没有路，走的人多了，也便成了路。"我们小区的居民天天通过这条小土路走到河堤路上，小路越来越宽，越来越瓷实，就像用碾路机碾过一样。如果市政府可以尽早投资二三百亿，实现将泾河变为城中河的宏伟规划，那么这条土路很快就会变成花园之间的蜿蜒小径。

这天傍晚，我和两个朋友相约一起走上河堤时，天空的云朵已经从白天的雪白变幻成了青乌色、浅黄色、黄褐色，姿态也和白天有了明显的不同。云在天上飘荡，河中影影绰绰，甚至有了平时少见的诡秘意蕴。在河堤上闲散地聊天，抬头看云、看星星的人比平时多了许多。

在好天气的影响下，我们仰望着幽深的天空，数着亮晶晶的星星，突然觉得傍晚的天幕是深蓝色的，而且是那样的高远无垠，像大海一样。头顶有一片云犹如一块温润的和田玉，纯净中透着淡淡的黄。还有一群鱼，从白天的白鱼也变成了一群乌鱼，在深蓝的海面奋力游梭着。这天因为天空澄清，能见度非常高，天上的星星和高低不同的飞机就成了我们分辨的对象，按照位置的高低远近，我们分出了远远近近的飞机，才知道我们头顶每天竟有这么多的飞机穿行，才发现西安空港原来也是这么的繁忙。

我们三个人顺河堤从西走到东，又从东走到西，一位朋友说昨天还看见月亮了，今天为什么月亮还没有出来呢？就是的，这么晴朗的天气，满天云彩和星星，月亮不会缺席吧？我们索性坐在河堤上，满天找着月亮，等月亮出来。

一会儿，月亮沿着东边楼顶的青褐色云层露出了一点点银色的白点；很快，这个白点就变成了一条银色的线；突然，银白色的月亮好像被一种无形的力量托举着，从云层上一耸一耸地就冒了出来。刹那间，浩浩天幕就像洒上了银色的水彩，由浓变淡顺着天际弥漫开来，美轮美奂，无以言表。这些深银色浅银色还有个别黄玉色的云朵将月亮衬托得更为皎洁，月宫中的桂花树清晰可见。我们观赏着这难得一见的月色。一个朋友说新闻里讲登月已经可以向民间开放了，我们有机会也去月亮上看看；另外一个朋友说，地球这么大，许多地方都还没有去过，就去月亮上呢。她们说完问我如何想。我看着半空悬挂的一轮月亮，心里想：今夕何夕，月亮怎么这么清亮啊？朋友说是阴历七月十四，明天就是中元节，再有一个月就是中秋节了。啊，原来是这样的。

我突然想到上个月中旬，也就是阴历六月中旬时，我们一家从咸阳开车回西安，也是个傍晚，月亮高高地悬在半空，金灿灿的，有脸盆那么大。我上幼儿园的大孙子说，快看，今天的月亮不像镰刀像圆饼干，我想咬一口。他的叫喊声将一车人的目光集中在了天空上黄亮亮的月亮上。今天的月色银亮皎洁，为什么和上月中旬的不一样呢？是气候变化的原因吗？还是因为明天就是中元节了，月亮也忧伤起来，怀念自己远去的亲人？

有风徐徐吹来，河堤上有些凉意。河堤上散步的人少了很多。我们三人坐在河堤上，享受着逐渐变得寂静的夜晚，空气中传来青草的味道，可能有人在附近割草。一个朋友突然问我，你的散文诗歌集《时光的声音》印出来了吗？反响如何？

是啊，前年心血来潮，想把自己以前发表过的文章结集出版。等自己将三十年前到两三年前发表的一篇篇豆腐块文章从报刊上选出来敲进电脑排好序、校对好、联系好出版社时，一年时间就过去了；等待出版社安排书号，又等了半年，好不容易有了书号，又碰上了新冠肺炎疫情的影响，复工复产的节奏有慢有快，再等待一审二审三审、一校二校三校、评估、质检、印制、入库、出库，这些漫长烦琐的手续办完后，书到我手上时就已经跨越了两个年头。编辑说，好饭不怕迟。可是我呈现给大家的是好饭吗？我喜忧参半地将书送给家人、我认识的编辑记者、文学爱好者以及身边的朋友，听取大家的不同意见。首先提出意见的是我爱人，他说我的《家有懒夫》把年轻时的他写得太形象了，但他年轻时辛苦，回到家就是不想动了。然后话锋一转说，你的散文写得都不长、用词也不丰富，你看人家朱自清的《荷塘月色》写得多好！哎呀，这个意见提的，未免把我抬得太高了。难道他忘了朱自清是文学大师，他的妻子我是文学业余爱好者?！另外有朋友从外地打来电话就书里收录的早期文章涉及的人与事加以评论指点；还有不少人在书中寻找自己的影子以及自己熟悉的人和事、地方，乘兴而来，败兴而归；有朋友电话索书；有朋友建议交换自己的书；更有一位年轻的朋友一再谢绝了我的赠予，而是从京东网站上自己掏钱买了书，她认为自己掏钱买书才是真正的粉丝。我只是一名业余文学爱好者，我的文章能结集出版，主要是中国工人出版社的抬爱，我长期任职工会干部的经历让书中的文章更接地气，文章中的烟火味能反映大众平常而真实的日常生活，因而能使他们感同身受。

月亮一会儿钻到了云层里，一会儿露出了半边脸，这时的月亮比刚升起来时升高了不少，但显得小了一些，更亮了一些。"人有悲欢离合，月有阴晴圆缺，此事古难全。"这是苏轼的名句，用在这里是再恰当不过了。

　　我们在不同的地方、不同的时间看到的月亮都不一样，我们和不同的人看月亮时的心情也都不同。下个月中秋，月亮应该有了新的不同于今天的样子了，不知道到时候能不能看到。面对着清朗的天幕，我想：今夜会有多少人和我一样，坐在河堤心猿意马地想着心事呢？

向往人间四月天

正月初四立春后，天气还算暖和，可刚刚过了正月十五，天气就像小孩子的脸一样，说变就变。

风，吹着尖利的口哨，在高楼间疯狂地穿梭扫荡，追赶着像梨花一样美丽的雪花，一会儿上一会儿下地在天地间肆意穿梭。我的手冻得像刚从冰箱里拿出来一样，没有了任何知觉。我裹紧自己去朋友家吃午饭前特意换上的春装，一款粉红色格子的新款大衣。可突然发现，这款大衣虽然雅致、大方，颜色也不错，能遮掩岁月带给我的沧桑，但在这时候给不了我任何温暖。春风春雪中，我的双手一会儿插在裤兜里，一会儿插在大衣口袋里，但传导给我的都是冰冷的感觉。我即刻羡慕起旁边穿着羽绒服大衣的朋友们，她们还是高明的。

大风中，雪依旧在零零星星地下着，大家都觉得有些冷。有人说这么冷，春天的脚步看来还很遥远。有人说，立春以后就是春天了。我想：立春后是春天，应该算早春吧。在大家的提议下，我们在回家的路上绕到小区对面的城市运动公园去寻找春天的影子。

我们一行人快步走到城市运动公园门口，平时在这里卖风筝、卖爆米花和臭豆腐等玩具小吃的人这天少了很多，也不见了平时吵吵闹闹热热闹闹互相追逐的小孩子们。过春节时挂上去的大红灯笼，被风吹得摇摇晃晃，灯笼上面像棉絮一样的雪花衬托得大红灯笼更加鲜红，有雪水洇湿了灯笼罩子，罩子上深红色的一片像水墨画，更加对照了"雪打灯笼兆丰年"的独特意蕴。

风刮了一阵子，累了，就减弱了它的力道。雪花这才一大片一大片纷纷扬扬地飘下来，有的飘到旁边的树上、花枝上，春风中战栗的枯叶，在公园两边的树上摇摇晃晃。公园内醒目的红色步道，有雪花在上面诗意地轻抚而过，行人少得可怜，而天气确实比冬天变暖了一些，这些雪花并不像冬季的雪花那样显得那么盛气凌人，它现在轻舞着柔软地掉到了人们的头发上、脖颈里，一阵凉意，没过多久就慢慢地消失了。公园的中心湖里，有几只鸭子悠闲地游来游去，使人不由得想起"春江水暖鸭先知"的诗句。湖四周的柳树，树干和柳枝虽然看起来还是灰色的，但仔细看，就会发现柳枝中间的绿意已经显现了出来，在随风摆动中若隐若现。

　　"不知细叶谁裁出，二月春风似剪刀"的美景就好像映现在眼前。不知是谁眼尖，指着远处的一片灰乎乎的植物说，迎春花开了！几人近前仔细辨认，发现不是迎春花，而是一株不太高大的蜡梅，嫩黄色的花朵高傲地舒展在漫天雪花中。早春的生机，恰如诗人青春里涂了又写的诗。

　　春天给人的愉悦，似乎很难用笔墨来形容。早春二月，已经有了春的气息，但是气候却有些无常。

　　我的心，突然向往起朝气蓬勃的人间四月天。我想念人间四月天的花朵，想念四月和煦的春风吹拂到脸上的感觉，想念四月午后热热的懒懒的太阳，想念四月黄澄澄的油菜花，想念四月的生机勃勃和蒸蒸日上。

　　记得上大学时，每到阳春四月，学校文学社就会组织大学生诗会，讴歌春天讴歌青春，班级也会在周末组织春游。当时邓丽君的一首歌《春风它吻上我的脸》已经开始流行，我们很快就会哼唱了。除了大家出游时一起唱之外，在春天绿油油的操场边，在和风顺畅的春风里，在宿舍，在水房，我都会随意地哼唱几句。

　　尤其是"春风它吻上了我的脸，告诉我现在是春天"这句，让人有无限的遐想。如果自己不想去上课不想做作业，只要想到那句"虽说是春眠不知晓，只有那偷懒的人们才高眠"，就会提醒自己快点学习做作业。时间一长，舍友就给我送了个"楼道歌星"的外号。我想，上大学那时候虽然经济紧张，生活简单，但那时年轻，心灵是愉悦的，生活是有希望的。那个年龄，风华正茂，也是人生的四月天。那歌声诠释了春天，春天给了我们希望。

四月桃花盛开，绿树繁茂，就让人不由得想起了秋天的果实累累；四月百花争艳，生机盎然，就让人感觉到了生命的活泼和可爱。看到麦苗返青、拔节，就似乎看到了金色的麦浪，闻到了新出锅的馒头飘溢出的满屋麦香味。我们把对生命的美好渴望，投射到春天，尤其是人间四月天。

现在虽然春寒料峭，东风浩荡，大地还没有彻底脱掉冬的衣装，但是春雪已经带来了春的讯息，春风已经涤荡了冬天的气息，春的黎明已经展开。

我们和蜗居了一个冬天的人们一样，不顾寒冷，走向早春，张开双臂，迎接着最美人间四月天的到来！

六月，你好

进入六月，各个节日目不暇接。

手机上问好的视频、图片、短语一个接着一个，报纸电视上除过国计民生的大事外，各个节日的有关话题居多。一马当先的是六一国际儿童节，豪横地占据了好几个一：六月一日，一家一校一园当日的一切活动都围绕六一展开，毕竟儿童是祖国和家庭的未来。想当初，这个节日也是自己的最爱。早早就开始憧憬，当日，穿上流行的白短袖、崭新的蓝裤子，开始唱歌、跳舞、做游戏，不用上课，不用写作业，也不用下地劳动，是不亦乐乎的美好一天，过了还想过的一天。一直到什么时候呢？应该是初中吧，这个节日就和自己没有了瓜葛，自己就变成了"两耳不闻窗外事，一心只读圣贤书"的中学生了。

记得大四的一个周末，我和一个朋友结伴去学校附近的动物园游玩，刚买票进门，就横冲过来一个小伙，热情地说着节日好，极力鼓动我们去他的游园纪念品销售台照相留念。问什么节，诓人呢吧？小伙子兴奋地说是儿童节，一细算，确实是。大四的我俩瞬间红了脸。不知是因为自己年龄大了，不再需要过儿童节了，还是对小伙子的鼓动无以作答，不得而知。我俩推辞不掉，就花了一两元，按他的要求合影，一会儿，旁边的打印机就徐徐吐出来两方手绢，白底的手绢中间印有我俩的头像，剪影一般，手绢的两个对角还印有小小的卡通人物，他们是彩色的，手里举着气球，一副开心的样子。

写这篇文章时，心血来潮，直接在微信上问手绢上的朋友：三十多年前六一的小手绢还在吗？上面是什么呢？过了几分钟，那张手绢的照片就通过微信传了过来：两张依偎在一起的年轻脸庞和喜庆的卡通人物就呈现在我的眼前。谢谢朋友，她还细心地保存着这美好的瞬间。我的那张呢？前多少年还看见过，随着不断地搬家换地方，就不见了踪影。我心里虽有慰藉也有遗憾。

后来给自己的孩子过六一，再后来给自己的孙子过六一。时间兜兜转转，好像一个折了无数折的镜子，有无数个面：一个面映现着自己，一个面映现着子孙，一个面映现着父母长辈。虽然，他们压根与六一儿童节无缘。

在看幼儿园老师发的六一视频时，看见大孙子表演节目的神态，脑海中瞬间想起了儿子少年的模样，竟一时恍惚。血脉相传的一代代人依旧传承着六一的快乐。

随后的端午、芒种，高考、中考及之后的父亲节，东方的西方的节日交汇，大人孩子的事情叠加，将六月的日子挤得满满当当，充实而多彩。

六月对于大国小家来说都是十分重要的。于我个人而言，六月也是我生命中最重要的月份。

三十九年前六月的高考，把我从渭北高原的窑洞带到了城市的高楼，从田间一望无际的麦地带到了各种花儿点缀的草坪，在我只有白杨树大槐树苹果树的认知里，增添了法国梧桐、桂花树、椰子树等等。

我的儿子出生在六月麦忙之际，抢收麦子的公婆和母亲都没及时出现在我的产房里。我和老公手忙脚乱地迎接着新的生命，当时没有觉得辛苦和孤单，以后也没有，新生命降临的喜悦照亮着心和前路。我的大孙子也出生在六月，我生命中许许多多的事情都发生在六月，我和六月有着不解的缘分。

端午临中夏，时清日复长。风吹田野泛金黄，莘莘学子上考场。六月的风中都飘着麦香的味道，金榜题名正当时。

愿心中泛起的梦想，都能实现，叩击命运的门环，都有应答。

夏天的样子

进入新世纪以来，世界各地四十摄氏度以上的高温天气都增多了。我生活的城市西安，就像一个大火炉，现在也不例外，还没有到伏天呢，天气预报就经常报三十九摄氏度、四十摄氏度，早早进入了夏日烧烤模式。

很多人对夏季的炎热充满了抵触情绪，想方设法地降温。当然，夏季降温的方法，也不是现在才有的发明。古人为了抵御高温，就发明了冰屋。今人更不示弱，电风扇、空调等降温电器，绿豆水、冰激凌等降温解暑的饮食琳琅满目，不胜枚举。有人索性在炎热的夏季夜晚，吃一盘冒着热气的或麻辣或孜然烤羊肉串，喝半瓶冰镇啤酒，大汗淋漓，酣畅痛快。

待在空调房间里不愿出门的人越来越多，殊不知这并不是避暑的上策，除了费电，容易得空调病外，也错过了许多夏天美丽的景致。

夏天，花开似锦，草木茂盛，满眼青翠。

夏天的晴空是灿烂的，天是那样的湛蓝，日光是那样的强烈，夜晚星星闪着晶莹的光芒，月亮洁白，如果再有凉风吹过，就别提有多惬意了。

夏天是蓬勃的，它承接着春的生机，蕴含着秋的成熟。当然，夏天火辣辣的太阳从城市高楼的空隙直射下来，人们也是酷热难耐的。夏天太阳直照时，连树荫下也是闷热的，尤其没风的时候。人们为了逃脱热浪，就纷纷进了山林，下了河道，躲进了空调房间。

其实事情都是一分为二的。我们这里四季分明的年是一分为四的。没有夏天的热，哪能感觉出冬天的冷；没有夏天瞬息万变的风雨雷电，哪可以显现出春天的温煦柔和和秋天的静美丰裕；没有夏天的热闹和繁荣，就衬托不出冬天的静寂和荒芜。

夏天就是夏天，夏天就该有夏天的样子。

人生的季节里，假如将少年比作春天的话，那青年无疑就是人生的夏季，夏季就应该是青春的模样。

青春就该是多彩多姿的。因为年轻，就应该不怕工作和生活中的风雨雷电，不怕挫折，不怕困难，不怕失败。如果跌倒了，就从跌倒的地方爬起来，再重新来过，这才是青春应有的拼搏姿态。年轻就是资本，有试错的机会和强健的体魄。

现在网络上流行的什么"躺平""摆烂"热词，实在不敢苟同。如果年轻时由于这样那样的原因，都不去努力，不去争取，不去实践，难道到年老了才准备奋斗？这哪里是新时代的年轻人？

没有夏季的炎热考验，就没有秋天的累累果实；没有努力奋斗的青春，就没有意气风发的壮年，更没有健康快乐的晚年。

夏天就该有夏天的样子，青春就是奋斗的岁月。这样，人生才不会错过四季的风景。

又见兴庆宫

随着孙子开始上西安交通大学附属幼儿园，全家的重心不知不觉地又转到了接送孙子上幼儿园上，我因此住到了儿子在幼儿园附近的家里。

第一次应邀到儿子的家里时，是个晚上。在儿子的引导下，拉开窗户的窗帘居高临下地眺望，只见平时如影随形包围在自己身旁如森林般高高低低的钢筋水泥楼房，却在这时变成了一个个高的高低的低的方块、长方块，静静地掩映在夜幕中。高层上红色的示高灯一闪一闪，好像宇宙光明神的眼睛一样，既警惕又怜悯地注视着黑夜和黑夜中的芸芸众生。自己瞬间好像变成了一个军事上的指挥家一样，面对着星空下偌大的一个沙盘，心里惊奇又稀罕。

作为一个西安人，我家辗转东郊北郊，也就住过二楼三楼的房子。年轻时住的过渡楼属于我这几十年住过的最高层房子了，也才是六楼。平时在外开会或者晚上有些应酬，忙完后不管时间多晚都会赶回家，在自己家里睡得最踏实。在西安这些年，我没有住过高层。在三十层的儿子家，我站在窗户旁仔细地欣赏着外面这美丽奇妙的夜色，在儿子的指点下辨别着每条路的方向和每个楼的位置。只见咸宁东路、兴庆南路上川流不息的汽车发出灯光，还有路灯光、路两旁的商店饭店霓虹灯光，像摇曳的闪烁的彩色飘带一样将方圆几十平方公里的楼宇、楼宇下黑黢黢的树影高调地分割开来，儿子鼓励我试着寻找一些熟悉的地方和景致。他知道毕竟20世纪80年代初我在这附近的西安理工大学（我上学时叫陕西机械学院）上了四年本科，生活过四年。其实工作后的2008年至2011年间我又在兴庆宫对面的西安交通大学间断上过三年工商管理的课程，这个他不一定晓得。

在薄薄的朦胧的夜色中，我努力辨认着四周的一切，交大的教工宿舍区、第四军医大学附属医院、理工大的南门等熟悉的景致一一映入我的眼帘。突然，有一片湖水进入了我的视野，如幽暗夜空中闪闪发光的明珠。我仔细辨认着东西南北的方向，辨认着这片水面周围的建筑，虽然湖水北面凌空而起的高楼有些陌生，但湖水南边的交大主校区，湖水东南边的摩天轮、沉香亭等忽然就把我拉回了青年时代。啊，兴庆湖！在西安交大正北，与我母校西安理工大学一路之隔的兴庆宫一下子就涌进了脑海，勾起了我对过去大学生活的美好回忆。

没错，映入我眼帘的这片水域就是兴庆湖，兴庆湖在兴庆宫公园里。

开元二年（714），新登基的李隆基将自家的一片旧宅改为兴庆宫，经过逐年扩建。到开元二十四年（736），兴庆宫逐渐形成了东西1080米、南北1250米，占地达两千多亩的唐代三大宫城之一，号称"南内"，与当时的大明宫、太极宫齐名，是唐代开元、天宝时期的政治文化中心。宫内建有兴庆殿、南熏殿、大同殿、沉香亭、花萼相辉楼等建筑。盛唐时，国都长安国泰民安，万方来朝，唐玄宗李隆基和杨贵妃经常在兴庆宫内举办大型国事活动、文化文艺演出。据传李白那脍炙人口的"云想衣裳花想容，春风拂槛露华浓"就是在沉香亭下的牡丹园诞生的。这里的牡丹有红紫的、浅红的、通体透白的，其雍容华贵的气度远远胜于别处的。20世纪80年代初我们上大学时，兴庆宫几经改造，在原址上按唐朝的图样已经仿制成了现在大家看到的兴庆宫的楼、台、亭、阁，形成了如此规模的兴庆宫公园，并对外开放。

我们班上有八名女生，来自全国各地，住一个宿舍。八人中有说话余音拖得长长的东北人；有张口闭口"您，您"的北京人；有说快了就听不懂哩哩啰啰好似说外语的四川人。有的来自大都市，也有的来自农村。虽然八个人生活习惯、穿衣说话风格各异，有时候还有一些小矛盾小插曲发生，但有每年一定要去兴庆宫公园沉香亭旁的牡丹园同一个地方照一次合影的约定。

沉香亭是兴庆宫标志性的建筑之一，在兴庆湖东南方向，为唐玄宗李隆基和贵妃杨玉环平时居住的地方。杜甫的"李白斗酒诗百篇，长安市上酒家眠，天子呼来不上船，自称臣是酒中仙"的诗，据说就是在这个亭子下面写的，大意是讲李隆基杨玉环在兴庆宫龙池划船，叫李白过来赋诗，可李白却饮酒过度，醉卧酒肆，不肯来，还自称他是酒中仙人。上大学时的每年春夏之际，我们宿舍的"老大"就会选一个周日，张罗大家去兴庆宫照相。那时，还没有手机，拥有海鸥相机的人也是十分稀少。我们都是提前约好兴庆宫里照相馆的师傅，然后穿上自认为最漂亮时髦的衣裙，从西二楼女生宿舍鱼贯而出，经过学校南门，顺咸宁东路北侧的人行道一路步行至兴庆宫公园南门口，购票，验票，然后走到提前选好的以沉香亭为背景的西边牡丹园阶梯处。这一路上说说笑笑会引起不少路人的侧目，大家心里得意扬扬的。八人在沉香亭旁边排好队站定，等照相的师傅按个头衣着再微调一下，就开始正式照相，"咔嚓、咔嚓"两声，就定格了当时大学学习生活的情景。每个人这时段的精神风貌、心理活动、经济状况就可以从照片中显现出来，时隔三十余年再拿出这些照片看看，也能回味起当时的心情与情景。大学四年，沉香亭下兴庆湖畔牡丹园旁四张同一地方不同衣着不同表情的照片，就是我们如天之骄子的大学生活的缩影。

那时候，有的是时间。考过试或者下过雪，班级也会组织大家去兴庆湖划船，在兴庆宫南门里的草坪上打雪仗。如有外地外校来了个同学，也喜欢带着去兴庆宫转转，在湖边走走，照个相，爬一下西门口的假山。兴庆湖关于龙池的传说，在每次划船比赛中都激励着我们班的每个人奋力划桨，争做第一。只是当时的这些水上运动，我们这些农村出身的旱鸭子，在船上毫无作用可以发挥，而且在船的上下颠簸中一直提心吊胆的。只有兴庆湖岸边郁郁葱葱的树木、争奇斗艳的花草可以抚慰我们这些农村孩子年轻而自卑的心。

兴庆湖四周的垂柳、湖上的拱桥、沉香亭前面的牡丹、南门里的喷泉都是年轻的我们照相时的最爱，是大家每次必去的地方。至于留下刘禹锡"花萼楼前初种时"美丽诗句，当时与黄鹤楼、岳阳楼齐名的花萼相辉楼却因为与我们常去的南门相距较远，反而去得少了。那个时候的门票大概四毛钱左右，每次去，大家都兴致勃勃，玩得不亦乐乎。当然，那些大学里失恋的人们除外，他们主要是去兴庆湖边转转，那里的山光水影能排解他们心里的失意和不快。

大学毕业几年后在西安安了家，有了儿子，儿子大点时也经常带儿子去看兴庆宫春季的郁金香展、秋季的菊花展，也在兴庆湖划过船爬过假山，甚至玩过公园东南角儿童乐园的海盗船、疯狂老鼠。每次去，兴庆宫都有或大或小的不同变化，都有美好的记忆留在了心里和家里的影集里。只是随着工作日渐繁忙和儿子慢慢长大，最近二十来年再也没有去过了。

前段时间，看到西安市政府重新翻修兴庆宫公园的新闻，市民们对公园里的一些景点和设施都提出了修建的建议。虽然现在西安的大型城市公园不少，但是历史悠久的兴庆宫公园却承载了西安几代人的美好记忆。看来，不是我一人，而是有一大批人，都对兴庆宫有了感情。听儿子说，新开园的兴庆宫确实留下了市民要求保留的大象滑滑梯，但也有一些现代元素加了进去。他说，最遗憾的是停止了兴庆湖的划船项目，感觉有些失意。

但我还没有抽出时间去游玩，这承载着我和许多西安市民美好记忆的兴庆宫公园如何换了新装？换了什么新装？百闻不如一见。我想，不管什么时候，得找个时间，我也带孙子好好看看，顺便讲一下年轻时的我们……

感谢大自然

阴雨连绵，一天，两天……下个不停，给这春天添加了少许秋的悲凉。操场上打球的人回去了，往日喧哗的校园沉寂了一些，灰色的天空还不见一点儿放晴的迹象。虽然这次雨清洗了那灰色的校舍和路旁孤独的玫瑰，但是，又阴又沉的天空，仿佛是一张狰狞的面孔，给我的心头增添了不少烦闷。一股烦躁不安和厌倦的情绪不断地侵袭着我，我想喊叫，我想奔跑……可是最终，我站在窗口，呆呆地望着那低沉的天空，失去了烦恼，思想的荧光屏上一片灰白。

灰色的天空给我带来灰色的联想，那灰色的宿舍、灰色的教学楼，使我十分厌倦，我懒得去和任何一个人说话，懒得上课和自习。我在怀疑，人和人之间是否也用灰色连接，友谊的色彩是否也为灰色？

我可以算作一个真善美的追求者，追求那明快鲜艳的色彩和线条，追求至善至美、纯与真的结合。可是，我失败了，犹如湛蓝的天空突然被乌云吞噬了一般，我的心在战栗。因此，我害怕去重温那逝去的梦境，那昏暗的天空和一切朦胧的灰色。

工作上的失意，友谊上的挫折……失意几乎吞噬了我。

我彷徨在春风习习的夜晚，可春风比那朔风更使我难受。徘徊在校园的尽头，那儿有我的回忆，有我们推心置腹深谈的身影……可是，失意时候的怀旧，不是追忆，便是失望，我属于后者。什么使我们结仇生怨，什么又使我们相聚又分离？

我曾笑过女生宿舍一学期一次"排列组合"式的亲疏远近的说法，可是，实践告诉我，这是过来人的经验之谈。我不明白，人和人之间为什么很难长久地保持一种隽永不衰的情谊？

我受不了沉闷的空气和那叽叽喳喳没完没了的闲扯氛围。我想独自思考，试图理顺极度混乱的心绪。冒着淅沥小雨，我走出校门，走出城门，走出那灰色的桎梏，走上了郊区的小土路，奔向了那绿浪重重的麦田。麦田边的油菜地，一片金黄，春风又吹来了阵阵芳香。我独自一人，站立在重重麦浪之中，享受着怡静，吮吸着那清新芳香的气息，连日来沉闷的心情也轻松了许多。

雨水和那灰色的天空与我无关了，我的眼前只有那绿色的麦浪和麦叶上粒粒雨珠，在属于我一个人的天地里，无限的遐想油然而生，关于逝去的、未来的。

为什么自然界的万物可以这样融洽地在一起，赤橙黄绿青蓝紫，构成一幅美妙的图画？不知为何，我的记忆中突然出现了达尔文"适者生存"的学说，万物万事都在选择和适应之中，是吗？

是的，生物在相互选择适宜的环境和来往的对象，以使自然界更美好、协调。人，不也在选择生活吗？任何一个人都无法逃避生活的选择，任何一个人也绝不会放弃自己对生活选择的权利。

我虽未得到命运之神的垂青，可是我绝不会乞求。既然造物主将我送到了这个世界上，我想，这世界上一定也有我的一席之地。所有的烦恼都去吧！我要用生命的希望迎接生活中的选择。我对着大自然大声地呼喊着。

感谢大自然，使我摆脱了灰色的桎梏。

戈壁遐想

9月初到新疆出差，正赶上了新疆一年四季中最好的金秋季节，气候适宜，瓜果也熟了。

在乌鲁木齐停留了两天，感觉很特别的是那澄澈如洗的天空，以及天空上飘着的宛若棉絮的白云，给人一种宁静高远的感觉。我当时就想，如果有一两个要好的朋友，手拉着手走在蓝天白云下的林荫小道上，空气中又透着爽爽的凉意，聊着工作、生活、友谊、音乐与爱，该有多惬意啊！如果能和家人、孩子一起在蓝天白云下的公园里、亭阁下游玩，不也是一种天伦之乐吗？

如果说乌鲁木齐的天空很美的话，那么准噶尔盆地上一望无际的蓝天白云更是美轮美奂，能引起人心灵上的震撼，而苍茫无边的戈壁却给人一种苍凉、孤独的感觉。

在去阿勒泰的路上，白天汽车在笔直的公路上行驶，前面的路遥遥无际，看不到尽头。车两旁是苍凉而又古朴拙实的戈壁，抬头却能看见车外姿态各异的白云。戈壁滩上的白云不像我们在内地看到的白云那样飘然、散漫，有的像一团团棉絮，有的像千奇百怪的动物，有的则连成一座座山。和乌鲁木齐市上空的白云相比，戈壁天空的白云不同的是显得特别低，好像就在头顶，伸手就能摸到一样。

我们抵挡不了车窗外云的吸引，停下车，站在路边，尽情地望着、拍着照，一群人比画着这个像什么，那个像什么，云就在我们头顶，仿佛我们抬脚就可以腾云驾雾了似的。拍摄出来的每一张照片都很美，甚至用傻瓜相机拍的也不例外。我们打趣说，美中不足的是画中的我们，破坏了画的整体风景和韵味。

戈壁滩犹如海一样一望无际，汽车在戈壁滩上行驶，就像一叶扁舟行驶在海面上一样，形单影只。每过上百公里甚至几百公里才可以看见村庄、人群，而有村庄有人群的地方就必然有水，有水的地方就必有树木，而且长得郁郁葱葱。当地人说，新疆的戈壁地下也富饶无比，缺的就是生命的源泉——水，如果有水，千里戈壁也会焕发生机。

在戈壁滩上，人显得是那么的渺小，甚至觉不出自己的存在，犹如融化到了天地间一样，变成了一根草、一股风、一粒沙、一朵云。

在从阿勒泰回乌鲁木齐的路上，我们本来计划要去克拉玛依歇息，谁知司机一不留神，一个岔路口没注意，一脚油门开出100多公里，看不到路标，看不到人影，认不得方向。开了近200公里，才看到路边有一个测绘员，下车一问，说我们走错了方向，前面再有100公里就到了奎屯。原来我们开车背离了克拉玛依，想折返回去已经不可能了，我们只好朝着奎屯方向开去，刚走出几公里，夜幕就降临了。

夜晚的戈壁滩漆黑一片，深不可测，只是偶然看见一盏灯火，但很快就消失了。这个感觉和你夜里坐在万吨海轮的甲板上，海轮缓缓航行在茫茫大海中一样，在看不见灯塔时，内心恐怖至极。心里越紧张越容易出事，我们的汽车抛锚了。司机下去一查看，原来是一颗长钉子扎进了轮胎里。车上的几位男士下去换备胎，我一个人坐在车上。感觉大家都忙着，自己待在车上不礼貌，也就跟着下了车。

下车后，四周漆黑得让人毛骨悚然，只有我们的车灯和打火机照着轮胎的地方是亮的，其他地方漆黑一片。几个人手忙脚乱地忙着换胎，不管我站在车四周的任意一个方向，都觉得不安全，心里直打鼓，内心深处的孤独和震惊油然而生，头脑中涌现出许多奇奇怪怪的想法：这就是书上写的船头怕鬼、船尾怕神的感觉吗？戈壁滩以前是海洋吗？是古战场吗？若干年前会不会像陕西沉到水底的老周至县城一样繁华喧闹？戈壁滩的上空有神明吗？这些稀奇古怪的想法在我脑海中不停地转着。

　　车很快就修好重新上路了，我脑子里装满生命脆弱、造物伟大、鬼斧神工、自然法力无边等念头。在茫茫戈壁滩上一个偶然的晚上，因缘际会，我想了一路关于生命、历史、自然的事情，因而更加敬畏自然、热爱生命。

二　时光印记

初识绿皮火车

1983年，我考上西安的一所大学。从老家陕西澄城去西安上学，当时可选的出行方式只有两种：一种是坐县运输公司的长途汽车，一天两班；一种是坐从韩城开往西安，途经永丰、韦庄的火车。长途汽车便捷，但班次少，价钱高，耗时长，正常的话需要六个多小时。当时并没有高速公路，只有108国道一条路，如果坐汽车去西安报到的话，最早也都到了下午，万一路上有堵车、交通事故等突发状况，可能就到晚上了，影响正常报到。如果坐火车，就需要起个大早，赶到距家二十里地的永宁站或者更远的韦庄站。永宁站离我家近但不通班车；韦庄站在县城南，离我家六七十里，有班车，但需要坐车到县城去倒车。我合计来合计去，觉得去永宁站近、方便、保险，这样时间上有保障，花费也少些，就是需要步行或者骑自行车去。

报到的那天，我和父亲早早起床，将行囊捆绑在自行车上，平地时就骑行一会儿，上坡时就两人推着，天还没有亮就到了永宁站。站台上没有几个人，我们很快地存好了自行车，买好了票，进了站。在看不见尽头的铁轨旁等了一会儿，一辆绿色"长龙"呼啸而来，伴随着哐当哐当的声响。

我跟随着父亲，父亲拖着装满衣服被褥的袋子。好在车上有座位，我们迅速地放好行李，坐好，车就缓缓地开动了。我安静下来，坐在座位上定了下神，四处打量，发现车厢里有相向的两排座椅。每排三个座位，能坐三个人。两排座椅中间有小桌，可放置水杯、小吃之类的东西。这一组相向的两排三座的座椅和另一组中间用挡板隔着，如此靠窗户左右两排按顺序排列，中间是过道，可以供人通行，两排座椅上方都有行李架。打眼看去，一个车厢可以坐一百多人。我突然想起我离家时，村上送我的长辈说的话：火车跑起来快快的，火车上平平的、稳稳的，放一碗水也不会洒出来。我没有带碗或者杯子可以去试，但看见左右邻座的人有人放着水杯，水杯里的水确实没有一丁点儿要洒出来的意思，杯子也是稳稳的，一点儿不摇晃。火车跑起来的确是很平稳，不像村里的拖拉机，有时能把人的五脏六腑颠出来。

坐了一会儿，我起身仔细观察，发现火车的车厢一节连着一节，车厢的宽窄长短竟然一模一样，并不像墙上贴的年画画的那样，前面看起来宽宽的，后面却看着窄窄的。当时，许多人家墙上都张贴着一张题为《火车向着韶山跑》的年画：一列绿色的火车从远方盛开着花朵的田野开来，前面威武的车头上冒着白烟，车头连着宽宽的车厢，车厢由近而远，由宽而窄，而且在远处还拐了个小弯。现在想，这幅画，当时将贫穷落后没见过世面的多少农村孩子的想象拉长了，拉到了远方，引起了这些孩子多少美好的向往。当时十七岁的我只是奇怪为什么实际上的火车和画中的火车不一样，为什么我看到的火车车厢是一样宽，并不是像画上的那样越远越窄。过了好长一段时间，才明白那是视觉的原理，近实远虚，近大远小，实际上是一样的，只是视觉上的差异而已。可当时，心里奇怪了好长时间，也不敢问同学，害怕同学笑话自己。大一学习机械制图，老师讲起远视图近视图的道理，才彻底明白出来了这里面的奥秘。

两个小时的行程很快结束了，火车到了西安站，我还没有顾上看看火车上卫生间的样子，也没有看到车厢一节与另一节是如何连接的，就在广播的督促下，恋恋不舍地随着父亲下了火车，加入了出站的人流之中。这次坐车留下的记忆是遗憾且美好的，只是车开得太快了，还没有坐够，还想再多坐一会儿仔细体验一下。这和以后春运时坐火车的感觉是截然相反的。

以后的日子里，工作出差、观光旅游坐火车的时间长了，次数多了，烦闷得恨不得赶紧跳下车去。直到和谐号复兴号高铁开通运行后，坐火车才舒适便捷了许多。回老家有高速公路有私家车，几乎就不再想坐火车了，也忘记了韩城至西安的这趟火车。

前段时间我回老家探亲，发现我家房屋前不远已经有高铁通过，但附近没有设停靠站，有些遗憾。但镇长说在我家北边两三公里处，正在修建贯通渭北高原的多式联运铁路公路网络，高速的出口和铁路的停靠站互联互通，即将形成渭北的交通枢纽，届时，出行就更方便了。

如今，高铁出行已经是国内许多人的首选，上海至北京的复兴号高铁每小时三百八十公里，已经将铁路运输的速度提高到了中国乃至世界高铁史的新高。绿皮火车已经很少看见，偶尔见到，竟然还有些亲切的感觉。听说坐的人也不算多，有的绿皮火车，已用在了怀旧的场合，作为摆设。

时代在前进在变化，前行的路上虽然风风雨雨，但也像火车一样，肯定是勇往直前的。

花花

这里说的花花，并不是花朵，而是朋友家以前养的宠物狗，一条有着花朵般图案的小狗。

为什么要写一条未曾谋面的小狗呢？原因是这条小狗的主人对这条小狗的描述让我觉得它很可爱，再加上我人过五十，更加喜欢与大自然、小动物接触，好像要把以前欠的账补回来似的。

我朋友口中的花花，长着黑白花色的毛，乖巧、善解人意，深得朋友一家人的喜爱。花花能在房间里听见房门外面的脚步声，只要钥匙一转动，花花就又蹦又跳地冲到门前，将开门人的拖鞋用嘴叼过来，放在门口，会用热切的眼神望着主人，直到主人说一声"花花乖"，花花才迅速欢愉地蹿过去，或卧沙发上，或卧床角柜底，眼睛萌萌地看着你，不再出声，不再打搅你。

花花困了，就睡在自己的窝里；起来了，便睡眼蒙眬地看着你，或者悠闲地在家里各个房间转来转去。花花平时和家人一起吃饭，家人吃什么，就给它吃什么，碰上吃排骨、鸡肉之类的饭食，就如小孩一样急不可待，四爪高度配合，三下五除二就解决了。如果家人都忙，忽略了它的存在，半天不搭理它，它就失落地跟在最喜欢的人后边，摇头晃脑的，人走哪儿，它跟哪儿，也不出声。碰到陌生的人来家里，听到动静，它就汪汪地叫几声，但不像其他大型犬那样猛吼扑咬，只是尽责地提醒一下主人。

花花在朋友家生活了五六年，一直到去世。花花去世后，朋友把它埋在了家附近的一棵树下。由于伤心过度，朋友说从此不再养狗了。

花花唤醒了我小时候对一条小狗的记忆。

有一年冬天，我和朋友一行人去长春出差。长春的接待人员说时值隆冬，当地有一种特色饭，就是狗肉宴，可以御寒，也可以尝鲜。大家推托不掉，只好去了。席间，花花的主人只吃素菜和杂粮，对狗肉宴上的狗脚、狗腿等菜肴一律不动。我们劝她尝尝，她始终一口不吃，说她养过狗。有人打趣说，这又不是你家养的狗。她还是一口不吃，并且说，自从养狗后她就不吃狗肉了，现在竟然连肉都不吃了，只吃蔬菜。

花花的故事是我后来断断续续从她嘴里听说的。可能是连锁反应，有一天，我突然想起我小学一年级时有一小段时间养过小狗。这个小狗刚出生不久，经常爬到我的身上，将毛茸茸的爪子搭在我的手上、胳膊上，天气寒冷时还钻到我的被窝里，静静地躺卧在那里，眼睛骨碌碌转着，身子一动不动，十分可爱。

可是，等这条毛茸茸的小狗长大了，能满院跑了，却被家人送给了外村的一户人家。那几天，我一想起被送走的小狗，就不由得掉眼泪。一次上学路上，我想起了我的小狗，情不自禁地哭了起来。路过的伯伯问我哭什么，我说我的小狗被送走了。伯伯粗声大气地说，不就一条小狗吗？至于不！我想，他肯定不理解一条毛茸茸的小狗给童年的小女孩带来的欢乐和慰藉。这是我唯一一次近距离地接触狗，并为狗伤心落泪。

此后的几十年，我为了生存打拼，根本无暇关注小动物的生活。在路上经常看见不同种类、不同花色、不同秉性的宠物狗，有的被人拉着，有的被抱着；有的干净、整洁，穿着马甲、戴着铃铛；有的毛发脏乱，无人打理，胡乱地跑着。大多数时候我只是远远地看着，并不靠前，甚至有些排斥。不是狗不像以前那么惹人爱怜了，而是我的心经历过生活的磨难、洗礼而变得坚硬起来。

随着年龄的增长，我的心也柔软起来，突然觉得时光太匆匆，留心起了周围的花花草草，自己也像小孩子一样充满了好奇和探索的兴趣。在这个多雨无事的下午，我想起了我

朋友的花花，想起了我的朋友，想起了我儿时的小狗，心里
突然莫名地感动，随后便有了这篇短文。

三上华山

截至目前，我一共上过三次华山。三次上华山的缘由和目的、旅伴都不一样，三次之间的跨度有三十多年，三次有不同的精彩记忆，这些记忆铭刻于心，时不时浮现在脑海。

华山是中国的名山之一，谓之西岳，以瑰丽雄奇著称天下。它的主体是由一块巨型花岗岩构成，是世界上罕见的自然奇观，它有着丰富的文化内涵及特殊的风貌景观，它展现了"奇险天下第一山"的峻险奇雄，是大自然鬼斧神工的杰作，让不同肤色不同国度不同年龄的人都有了探究华山、站在华山之巅的梦想。

在20世纪80年代初期，西安的莘莘学子把能登上华山作为勇于战胜自我的一个挑战，对于大学生来说有着重要的象征意义。大三时，我们班上已经有一些同学去过了，回来后的照片和小腿疼一个礼拜都能够炫耀一阵子的了。在游山玩水方面，我没有来自城市的同学积极性高。黄土高原的沟沟壑壑、山山峁峁、小河小溪就在我老家的家门口。小时候翻沟割草、下河捞鱼抓虾也是常有的事。我上大学时，对城市生活的繁华和便利还没有体会够，至于山水，那时的我还不稀罕。可是班上的人说多了，去多了，我也准备上趟华山，为了挑战自我，或许还为了增加谈资。

1986年五一节前的一个礼拜，我们关系不错的几个同学组织上华山。那时几乎是说走就走的旅行，并没有现在的网上攻略可以借鉴，要走的线路要去的景点要注意的事项都是提前打听，从去过的人那儿获取经验。所谓的组织，就是拉几个人做伴而已。周六傍晚，我们一行四人，我、两个男同学，还有一个男同学的男同学一起坐上了西安到华山的火车，四十分钟后，火车就到了华阴火车站。当时我们听说华山险峻，晚上爬山看不清四周的情况，心里不用害怕担心，也可以把精力集中在脚上腿上。如果想看日出的话，也只能选择晚上上山，那时还没有北峰索道，北峰索道似乎是十余年后才建成的，更没有现在的西峰索道。因此，当时大部分人都是晚上打着手电筒徒步登山的，即使现在华山有了两条索道，但真正喜欢登山的人选择的还是这个传统的徒步线路。

我们四人出了火车站，简单地在车站附近吃了些饭，买了些馒头咸菜和上山穿的运动鞋，人手一只手电筒，就沿北峰下的弯弯曲曲的山道朝上走了。当时心里全是不到山顶非好汉的勇气和壮志。

自古华山一条路。记得很清楚的是当时我们沿着弯弯曲曲的山路往前走，山路时陡时缓，路上还有一些细沙，一不留神就会脚底打滑。我们一路行走，走过一个叫青柯坪的地方，转了个大弯，过了一座桥，上了一个很长的陡坡，有一个刻着"回心石"三个字的巨大的石头突然出现在我们眼前。这时，大家看导游图上的说明，距离玉泉院我们的出发地，都已跋涉了近五公里的山路了。陡坡和弯弯曲曲的山路累得我们大家筋疲力尽的，大家都不想动了，坐在回心石旁歇息，看着石头上刻的三个套着绿色的大字以及旁边山石上的崖刻，我们一起照相，相互打气说不要退却。我们都知道这才是序曲，从这儿开始，才算正式登山了。

我们歇息了一阵子，就朝着北峰出发了，步履蹒跚的我们走走歇歇，不知不觉就走到了华山气象站。一位姓杨的同学说他走不动了，心跳得厉害，他说气象站有他一个同学，他在同学处休息，等我们下山时再会合，我们一行四人的队伍就剩下了三人。我和一位男同学以及他的男同学三个人继续朝着峰顶前进。一个走不动的掉队了，留下的人员便组成了精锐部队，行动起来就更迅速了。我们经过四五个小时的努力，黎明前就到了北峰。北峰是我们爬山到达的第一峰，据说在北峰就可以眺望到其他几座峰，但因为我们是凌晨四五点到达的，四周什么也看不到，黑黢黢的。我们三人稍作休整，得知东峰是看日出的绝佳地方，就打算转往东峰看日出去。

从北峰又走了一个小时左右，清晨五六点，我们就到了东峰。五月的东峰顶上，冷风袭人，山坡上挤满了看日出的人，我们找到了自认为看日出的合适位置，等着日出。这会儿不用爬山了，人站着不动，山风一吹，几分钟浑身就冷透了，只听到上下牙齿直打架，我只好租了件棉袄穿上。可是，天公不作美，这天早上天空阴沉沉的，不见一丝亮光，到了太阳该升起的时候也没有看到一丝光亮。我们感到有些遗憾，没有看到传说中华山喷薄而出的壮丽日出，但这遗憾也只是转瞬而逝，我们很快就按着计划朝着其他几座山峰出发了。

华山五个峰各有各的风格和特点。在这五个峰中，我们最先到达的北峰应该高度最低。东峰是看日出的绝佳地方，我们当时没有看到日出，就通过了陡峭的天梯，来到了与长空栈道齐名的鹞子翻身处，但因为害怕，我没有过去，胆大的男同学去了看了看。然后我们就转战到西峰。西峰的山势陡峭，犹如刀劈的一般，山头处有一处岩石很像莲花瓣，因此又叫莲花峰，据说沉香救母的故事就发生在西峰。我们在西峰最具特点的地方，也就是明信片上经常印制宣传的那个经典处取景照了相，每人和西峰合了个影就急匆匆地赶向南峰。南峰在五个峰中海拔最高，最险的长空栈道就在那儿。可惜，我们也只是神往，站在远处看了看，没敢过去。游览完南峰，我们就朝着中峰走去。印象中，在中峰我们没有看到什么特色的难以忘怀的景致，就匆匆穿过中峰往北峰走去，开始沿着原路下山了。

回想起来，华山这五个峰的美景有的秀美、有的雄美、有的壮美，简直是美不胜收。这无限风光都有记录，却难以道出华山的美，上面段落描述的只是我当时的一点感受。

当五个峰的风光尽收眼底后，我们席地而坐，就着咸菜吃馒头，喝了些水，吹了吹山顶的风，补充了体能。美景抵消了长途跋涉的辛劳，下山就显得容易多了，只记得腿直直的和木棍一样僵硬，一步一步地走在下山的台阶上。我们赶上了夜间回西安的火车，火车摇摇晃晃带着困极了的我们。后来是如何回到宿舍的，我现在都忘了。但是第二天周一上课时沉重得像灌了铅的双腿，以及我同学在西峰山顶抽的签的内容我倒是记忆犹新。

这个昔日的同学，在去华山时和我还没有什么特殊的感情，也不是什么男女朋友。这个同学在华山的西峰抽了一个签，签上写有：喜、喜、喜，春风桃李，天佑贵子，门庭若市。不知这个签的内容当时僧人是如何给他开解的，只记得他从此兴致很高，一路上高兴地跑前跑后给我们三人服务。华山之行确实也改变了他，他不像以前那样闲散，到处游逛，而是在学校组织一些学生会活动，如成立大学生科技公司、开设洗衣房、举办演讲赛等，对当时比较土气、见识不多的我也是紧追不舍。后来，我们成为夫妻，成立了家庭。这是我第一次登上了华山，不但饱览了华山的美好风光，而且因此结下了姻缘，还收获了爱情、亲情。

1998年10月1日，我工作的单位在外地的办事处主任回西安开会，会毕，有五六人组织登华山，邀请我去。本欲推辞，但我们的公司大老板让去，不允许我请假，我只好和大家一起前往。这次上华山时，华山北峰已经建好了索道，我们计划坐索道减少徒步的辛苦。我们提前计划好了是一日游，早上去，坐缆车上，游览完五个峰坐缆车下，回西安吃晚饭。

当天，我们早上七点开车从西安出发，车开到华山停车场，转华山内部的摆渡车，然后坐北峰的索道，我们就很顺利地上了北峰。游览完北峰，午饭在山上的一个饭馆随便吃毕，依次游览了东南西峰。适逢假日，游人如织。我们几人好不容易地挤到华山的标志处——海拔2755的石碑前合影留念，然后很快通过中峰就去北峰坐缆车下山。等我们按原来的计划到了北峰后，当时的场景却完全出乎意料。国庆节是个大的节假日，出行的人非常多。等我们到北峰后才发现北峰索道口人山人海，大约有两千到三千人在排队等坐缆车下山，前面的人往前挪动一步，后面的人就跟上一步，就这样一步一步地往前移。我们一行人中有年轻力壮的一看这个阵势，便建议徒步下山，走到山下坐车回去，但也有年过五十的，何况大领导不发话，谁也不敢擅自行动。就这样，我们随着人流走一步停一步地在缆车站外足足等了四个小时才坐上了缆车，平时这也就是二十来分钟的行程。这天我们回到西安时已经半夜十二点了，意外打破了我们一起好好吃顿晚饭的原计划。我们又饿又累，开车转了好几个街道，才找到了一家臊子面馆，他们正在打扫卫生，还没有打烊，我们的司机就进去央求人家给煮碗面，面煮好了我们都急急忙忙划拉了一碗臊子面，就回家休息了。这次上华山，看了美景，但心情没有第一次去时激动，也没有第一次去时那么辛苦。从此后全国放假时不去景区游玩就成了我的经验，避免"人看人"。和同事出游，尤其与领导出游，有别于和同学家人游玩的感觉，人要时时端着，身心没那么放松，只有眼睛和嘴巴享受了一番，这也是这次去华山的唯一收获。

　　第三次上华山，准确地说不能叫游览，但因为确实上了西峰之巅，可以说也是上了一次华山。

　　2018年春夏之交，我八十岁的老父亲突然脑梗，经过医院的活血、针灸等多方案治疗，虽然有所好转，但身体状态却远远不如以前。某天闲聊，我问他想去附近哪儿转转。没想到老父亲说其他地方都去过了，去华山看看吧。天哪，脑梗刚有些好转、动不动半边手脚还不听指挥的八十岁老父亲想上华山！年轻人上华山都要思量半天，何况他呢！我听后不知如何回答了，就不再吱声。没想到，过了几天，老父亲又提起此事，我就想着该如何让年迈的父亲上山去，不行去山下转转也好吧。

　　一个周末，我叫了个侄子，开车带着父母去华山。华山脚下广告牌林立，有个单立柱广告牌上醒目地告诉我：投资十二亿可以观览西峰雄奇全景的西峰索道开通了。年轻的侄子怂恿我们坐西峰索道上山，说没有坐过，又是新的，可以尝试一下。我们就驱车来到了专门为西峰索道开设的西峰下的游客中心，停车、买票、排队，终于坐上了缆车。这个号称世界第一的索道，刚坐上和其他索道没有什么不同，缆车运行到中间时，除了两边美轮美奂的景致让人目不暇接外，长长的索道在空中颤悠悠地运行十分惊险，两边是层峦叠嶂、奇峰云海，脚下是树木葱茏，离地近处有十几米，离地远处有四五十米，往下看不由得让人胆战心惊。我的父亲就和小孩子一样看看这儿看看那儿，不时地喊叫我们一起看；我的母亲却吓得直哆嗦，甚至闭眼不敢看；我是缆车厢中的中流砥柱，虽然心里也害怕，但强忍着坚持着乐呵呵地观景、照相。缆车停靠到了西峰，走出站房，往西峰顶上走了几步，到了一个平台上，母亲就死活不肯上山了，搀扶着也不愿意去。以前费尽九牛二虎之力才能观赏到的西峰美景就在眼前，只二百个台阶而已，可是，母亲不愿意再上这个台阶一步了。把她一个人留在平台上于心不忍，这时，侄子说，我背吧。就这样我搀扶着父亲，侄子背着母亲踏着二百多个台阶，引来无数旅客的目光，最后上了西峰。到了西峰就拍照留念，歇息十余分钟后我们就坐缆车下了山。下山时坐缆车的感觉比上山时平稳了一些，也快了些，也许这是有了上山漫长惊险过程的铺垫吧。我们原路开车返回了家。父母亲在回西安的路上没有了坐缆车时的紧张，全是见识新鲜事物后的新奇，在车上一直感叹华山的险峻以及人的伟大。他们说现在人真是厉害，可以造个机器穿山越岭，把人送到神仙住的地方，真是叹为观止。

　　三次上华山，随不同的人、以不同的出行方式，所以就有了不同的心情、不同的景致，在我心中都留下了永恒的记忆。

医院陪护见闻

2017年3月，我爱人因肺炎住院治疗，我在医院陪护了几天，期间经历了医院床位紧张、优质医疗资源少的情况，医护人员工作辛苦、责任大，病人和家属也在各种检查中忍受着煎熬，身心俱疲，这些有住院经历的人都有体会，但医院陪护中碰到的事却让我记忆犹新，心中如打翻了五味瓶，时时有写下来的冲动。

在医院陪护病人，最主要的就是陪同病人做各种检查，然后给病人买适合吃的饭菜，监护病人打吊瓶，其余时间就是陪病人聊天。一天下午，我正低头玩着手机，病房的门打开了。有一位身体敦实、看起来很精明的四十多岁的男子在别人簇拥下进了病房，他一边和随行的人谈笑风生，一边和病房的病人家属打着招呼，乍一看还以为是陪护人员，但当他躺在病床上，督促随行的人离开时，才知道他是住院的病人。

他年纪轻轻、身体健壮，怎么也要住院？看着我们疑惑的样子，随行的人说他病了，肺上有些炎症。他大声笑着说，没有什么，你们都回去，我一个人行。等随行的都走后，他拉开被子，静静地躺在床上。一连几天都是这样，陪护的人来了，他就像没事儿人一样大声说笑，说他如何当兵、如何回乡、如何娶妻生子、现在又如何病了。可是，当他家人走后，他就静静地躺在床上不说话了。

几天以后，大家都混熟了。问他，只看见你兄妹几人，你的妻儿呢？他大大咧咧地说，和妻子离婚了，儿子上大学，周末才能过来陪他。他一副云淡风轻的样子。最让人心痛和震惊的是他接着很平静地说，我知道我是肺癌晚期，天天晚上都吐血，顶多再活一年半载的，可是我兄妹都瞒着我，不让我知道。为了不让他们难受，我也装着不知道，瞒着他们。他说得自然，没有一丝一毫的做作。我突然有点儿想哭，这个人不简单，他内心需要多么的强大，才能将爱、快乐展示给自己的亲人，将痛苦留给自己。

周末看见他在楼道里一丝不苟地给陪床的儿子在简易钢丝床上铺毛毯、装枕头，开心地和探望他的兄弟姐妹拉家常，我心中充满了敬佩和尊重，真心地希望他能少一些痛苦，幸福愉快地活着。

童言

　　儿童说话往往天真无忌，由于受词汇和经历所限，经常词不达意，有时甚至会弄出幽默笑话来，令人捧腹不止。

　　儿子三四岁时，我看他那细小的胳膊，便说不好好吃饭，胳膊上一点肌肉都没有。儿子一听急了，说鸡身上长鸡肉，我身上咋会有鸡肉？哭哭闹闹非说我欺负他，直到我将"鸡"和"肌"解释清楚了才肯罢休。还有一次他听说班上一个小朋友的爸爸去了珠海，回来担心地问我，人去了珠海能回来吗。我不知何意，便问他咋不能回来。他说，珠海的"猪"像海那样深那样多，不把同学的爸爸给吃了。"珠""猪"不分，"猪"也有海，想象力够丰富的，儿子把我们都逗乐了。

　　儿子上一年级后，学会了不少字，可同音不同义的字还是分辨不清楚，常常闹笑话。记得有一次单元测验，让用"是……个"造句，儿子工工整整地造了一句：我爸是一个公人。就因这一句，本来可以考一百分的卷子考了九十八分。卷子拿回家后，他爸爸一看，笑得直不起腰来，连连说是"公人"不是"母人"。儿子不但对字常常别解误用，对歌词也一样能理解得与众不同。前几天，电视里播放了一首歌，里边的一句歌词是"朋友多了路好走"。儿子跟着学唱，唱着唱着便突然停下来笑了，说，傻瓜，朋友多了路还好走，那你推我我挤你的，能走动吗？一脸的天真和单纯。我说，那是指人生之路，朋友互相鼓励、互相支持，不是指具体的道路。儿子便问，人生是啥？人生还有路？一股打破砂锅问到底、弄不明白不罢休的劲头。

童言有趣，但也有让人下不了台的时候。有一次，儿子放学回来，满脸的抓痕，足足有五六道。我一看就生气，便问咋搞的。他说课间做操的时候做踢腿运动，他不小心踢了前边同学一脚，那同学就回头抓了他的脸。我便说，下一次谁再抓你脸，你也打他，别傻站着。结果下午一上学儿子就去打了人家一个耳光，老师问他为什么打架。儿子理直气壮地说，是我妈让我打的。我一下子成了"教唆犯"，再见到老师时，免不了被一顿教育。还有一次，我一个同学晚上来访，坐到10点多钟还没离开。儿子想睡觉，让我们吵得又睡不着，就跑到我同学跟前认真地说，阿姨，你还不走吗？我困了。我同学说，你困了就去睡觉吧。儿子接着说，你们说话的声音太大，吵得我睡不着。我同学只好告辞。

　　看来，孩子确实像一张白纸，可以画最美丽的图画。我认真地想，趁现在孩子还小，就要好好引导，将这图画的底色打好了，把图画画好。

儿子戴上红领巾

　　一天，刚上小学一年级的儿子兴冲冲地跑回家，告诉我他就要戴红领巾了。看着满脸稚气的儿子，我不禁为他的进步而高兴，便故意逗他说红领巾肯定是每个学生都发一个。儿子一听急了，忙争辩说不是，全班六十三个同学，只有十二个可以戴红领巾，老师说只有少先队员才能戴，他快当少先队员了。

　　几天过去了，我没看见儿子戴红领巾，也没听他再说起这件事，便问他怎么还没有戴红领巾。儿子说快了，迟疑了一会儿又低声说，老师说了，有三个人这几天表现不好，就不给戴了。问他三个人都有谁，他不好意思地说，有他还有另外两个男孩。问他要有什么表现，他掰着指头一条一条地说，看谁学习好，看谁有礼貌爱劳动，看谁守纪律，看谁得的小红花多，等等，足足有七八条，也不知道是他自己想的还是老师说的。

　　提起小红花，我便想起开学后不久，学校开家长会时，他还没得上小红花，我便问他现在得了几朵小红花。他摇了摇头表示还没有，紧接着就说本来他可以得一个，那次考试老师说谁考一百分就给谁一朵小红花，可考了一百分又不给了。我问为什么。他说，你怎么连这也不知道啊？考一百分的人太多了呗。最后又补充说，不给小红花就不给吧，反正要戴红领巾了。

　　就要戴红领巾的喜悦使儿子既紧张又高兴，每天准时上学，回家主动做作业，再也不像以前那样需要督促了。有时候太淘气了，只要说一句在家不听话也不能戴红领巾，他马上就变得乖乖的。在外地出差的丈夫打电话回家，一句话还没说完，儿子就在旁边急不可待地大声告诉他爸他就要戴红领巾了。家里来了客人，还没等人家坐稳，他就跑过去给人家说他要戴红领巾了。看他那高兴劲，我真担心万一他"表现"不好没戴上红领巾，他能否经受住"打击"。就在我考虑必要时怎么开导他时，他却高高兴兴地回来了，并戴着他一心希望戴上的红领巾，喜气洋洋的。我故意大声地说，戴上红领巾就放心了，不用再好好学习了。儿子听后一板一眼地纠正，不对，老师说戴上红领巾更要上进，我还想上进。我不知道他是否懂得上进的真正含义，却明显地感到红领巾促使儿子上进，这使我十分欣慰。儿子戴上了红领巾，他高兴，我也高兴。

做一回淑女

前几天，朋友陪我上街购物，走到店里，售货员极力给我推荐一套衣服，说我看着文气，穿那身衣服再合适不过。文气？差点没笑掉我的大牙。我知道这是一种促销手段，售货员净拣好听的说。我平时想笑就笑，想哭就哭，大大咧咧的，哪儿有一点文气的样子。不过朋友还是坚持让我买下了那套衣服，要我换一种穿法。说我的衣服大多是宽松型的，不是牛仔服就是西服，一点也不淑女，不适应潮流，不受老公、朋友欢迎。她的一番话说得我心里多了一份危机感。我想，改变一下自己的形象也挺好，俗话说："三分长相，七分打扮。"便买了那身淑女装。

我回到家换上新买的淑女装，再略施粉黛，涂上口红，配上高跟鞋，抬头挺胸地在镜子前走来走去，那往日脸上挂满倦意的黄脸婆一下子就变成了淑女。我心里想着人靠衣装马靠鞍的道理，觉得不一样就是不一样，暗暗感激朋友的指点，对自己也有了全新的认识。

　　过了几天我穿上新衣服去上班，没想到遇到了不少麻烦。先是上自行车十分困难，腿提不上去，好不容易上了车，蹬起来也不方便，眼看着要迟到了，脚却怎么也蹬不快，平时穿牛仔裤、大喇叭裙的那份自由自在的感觉一下子就消失得无影无踪了。下楼时还稍好些，上楼就别提了，迈不开步，只能脚尖着地，艰难地迈上一个又一个台阶。只有走路或站立时才能体现那服装的新颖和别致，才显得人亭亭玉立、端庄优雅，可那时，身上早已汗津津了。再说，我们这种上班族有谁成天从容地走路或端庄地站立，还不是匆匆地来匆匆地去。"有所得必有所失"，事情都是一分为二的，从买衣服这事上来说，这话也一点不假。

　　夸奖我的话，也无非就是衣服如何得体，人如何显得年轻。我脸上荡漾着淑女般温文尔雅的微笑，可是心里直犯嘀咕，盛装之下，还能找到我的自由吗？我还是我吗？

　　回到家，我一进门就踢掉脚上的高跟鞋，脱了妖娆妩媚的装束，换上了我已穿惯了的宽衣大衫，洗掉满脸的粉黛，恢复了我本来的面目，心里才有了原先自由自在的感觉。再见到朋友的时候，她问我咋又变回了原样。我据实相告：天生不是窈窕淑女，工作压力太大，要做的事太多，故作淑女有点太累，人要有勇气改变自己，也要有勇气保持自己的本色。朋友笑曰：朽木不可雕也，你也有本色？言语中充满了不屑，但眉宇间却是赞扬。我暗自想：敢于素面朝天、敢于坚持朴实正直才是自己的一贯特点吧。

　　做了一回淑女，此后却作别了淑女的称呼。

一元钱的故事

今天的一元钱已经不算什么了，以至于很多人都懒得计较。可是，在我的记忆里却永远藏着一个关于一元钱的故事。这个故事在物欲横流的今天常常使我清醒，帮我自省。

记得上初中的时候，我在离家五里地以外的乡中学读书，那里没有学生灶，需每周星期三、星期日回家背馍。有一次星期三回家背馍，我掀开母亲放衣服的平柜找衣服，突然看见有几张一元的票子躺在衣服的夹层里。我静静地看了半天，终于下决心拿了一张，装在口袋里溜回了学校。

那时的一元钱并不是小数目，我上学的乡中学一学期的学费才五六元。那时一元钱可以买好几斤面粉、买好几斤盐巴，甚至可以买一斤多菜油。我们乡中学的同学们几乎都是来自穷乡僻壤的农家子弟，平时很少有人身上装钱。因此，我拿着那一元钱便招来不少同学的羡慕和嫉妒。在以后的几天里，我将那钱揣在兜里，一会儿打算着买一直想买而未买的课外书，一会儿盘算着给一位就要转学的同学买个本子留作纪念，一会儿想干脆买一点商店里经常摆放的没有尝过的小食品（那时叫吃货）。结果，一元钱被我揣来带去的什么也没买就丢了。我翻找了所有可能的地方也没找到，心情很沮丧，就再也不想钱的事。

星期天回家再背馍的时候，我才知道，母亲冤枉了弟弟，她以为弟弟将那一元钱拿出去乱花了。弟弟死不承认，母亲就生气地打了他一耳光。后来，我才知道那是母亲将积攒很久的鸡蛋卖后的钱，是给我准备的第二学期的学费。我的心一下子如同打翻了五味瓶一样，不知是啥滋味，内疚和悔恨使我几天都不得安宁。虽然那钱我没有花，却丢了，虽然母亲始终没有追问我，可那一耳光似乎不是打在弟弟的脸上，而是打在我的心里。那掌印似乎至今还清晰可见，让我心里隐隐作痛。

如今这件事已过去十余年了，但对我的影响却一点没减少，它使我懂得如何珍惜生活中来之不易的东西。以至于后来的日子里，我一看到母亲那黑黑的平柜，一看到我的孩子毫不犹豫地花着一张张一元钱，我就想起我偷拿的那一元钱。虽然现在我这个小家的日子已接近了小康水平，我也没改变花钱精打细算的习惯，同事们经常说我"抠"，一点儿不大方。

是啊，能省一点就省一点吧！想想我那历尽艰辛的父母大半辈子在温饱线上徘徊着，老家的父老乡亲中还有不少人为了几十元的学费而荒废了孩子的学业。我有什么理由去大手大脚地消费呢？俗话说好钢用在刀刃上，我想花钱的道理也一样，要花在正事上。这就是那一元钱给我的深刻影响，已超出了"钱"本身的内涵。

第一次出差

参加工作后的第二年冬天，处长派我到上海开会，我得到了第一次出差的机会。这对于没出过远门的我来说，无疑具有很大的吸引力。我忙着查车次买票准备行囊，还不失时机地问问同事要不要带东西。等到临走的时候，我才担忧起来，差旅费加上给别人捎带东西的钱足足两千多。那时我一个月的工资才一百元出头，这已不是个小数目，怎么个带法？何况我从来没出过门，泥菩萨过河自身都难保。在同事的鼓励和指点下，我将那些钱换成大面额的，装进缝在内衣上的小口袋里，用别针别上，就背起行囊出发了。

坐上火车，我默想着一句不知从哪本书上看到的话：随便搭上一趟时间合适的火车，任凭火车将自己带到什么地方，就在那里下车，住到明天，在度日当中，静待着新的命运向自己袭来。我仔细地体味着作者当时的心境，观赏着窗外沿途的景色。旁边的人偶尔问些什么，我也不多说，怕错过了窗外的风景，也怕话说多了引起麻烦，牢记着出门前家人、同事的嘱托。

白天的时光随着车轮飞转及景色的变换不知不觉就过去了；等到了晚上，车窗外面黑漆漆一片，偶尔有星星点点的灯光一闪而过，没有什么景物可看了，我就收回视线，老老实实地坐着。等到了凌晨一两点，列车上安静下来，坐了一天车的人们都睡了，车上一片寂静，我独自听着那节奏感十足的声音穿越夜晚的时空，不知不觉想起报纸上登的那些车匪路霸专门在凌晨的时候上车抢劫财物的事，紧张得心都提到了嗓子眼儿，大气不敢出一声。借着车厢内朦胧的灯光，我偷偷地打量着旁边的白天顾不上打量的几个人，觉得他们还算面善，便稍微放松了，但仍不敢睡觉，就这样艰难地熬过了一夜，迎来了新的一天。

在第二天华灯初上时分，列车经过二十多个小时的长途跋涉终于到了目的地上海。按照会议通知的线路，我倒了两次车，找到了报到地点上海财经学院，可是学院门口的通告上却写着会议地点改了。我刚放松的心情又紧张起来，便急忙向收发室的一位老人打听新的地点怎么走。可惜他一口的上海话，我也没听明白，多亏老人和善，又拿出笔和纸不厌其烦地给我画着走的路线，写着报到的地点。这给了身处异乡的我很大的帮助和安慰，在寒冷的夜里我心里热乎乎的，想着世上还是好人多。

顺着纸上画的路线一路走去，等走到报到地点时，已经晚上十点多了。办完手续，顾不上洗漱，我便倒在床上一觉睡到第二天早上。

在上海停留的那几天我感到充满快乐和新奇，开会之余游览了那些名胜古迹，见识了南京路的繁华，并完成了同事交代的采购任务，临走前的晚上我还特意跑到外滩照了张相片以作纪念。

当我把给大伙采购的羊毛衫、皮裤等衣物打包好后，拖着沉甸甸的大包小包，登上返回西安的火车时，我不由得想起了一句歌词：外面的世界很精彩！是啊，出差也很美好，只是身上的钱和行李不要带太多。

月票

　　工厂班车是工厂为职工进城办事开设的，也是这个三线工厂为职工办的一件好事。在工厂与火车站之间二十公里的路上按点出发，来回穿梭着。

　　星期天的班车上吵吵闹闹，挤满了似曾相识的工厂职工。说熟悉吧，叫不上名字；说不熟悉吧，看着面熟。工厂的职工们大多属于上班打卡一族，只有星期天的时间才属于自己，才可以进城办点自己的事情，所以，工厂班车周末一向人很多。

　　这天的班车一停靠下来，门一打开，呼啦啦拥上来了七八个人，售票员被拥挤的人群堵在了后面，动不了半步。

　　她扯着嗓门喊着，门口上来的买票，买票，还没有买票的买票！喊声从众人的头顶传至整个车厢。

　　门口挤上来的几个人，翻着口袋，找出零钱递给了车厢后面的售票员。

还有谁没有买票？明明看见是八个人上来的嘛！售票员是位责任心很强的人，她一边翻着手里的钱一边喊道。

我有月票，门口传来一男子的声音。

什么月票，厂里就没有办过月票。

车厢里突然静了下来。

你站起来，让售票员看看你。旁边的人怂恿着没买票的那位。

没买票的人被身旁的几个人推挤到车门口高一级的台阶上，他伸着脖子，朝售票员望去。售票员看了一眼他，脸一红，收回了手里的票夹。原来，那是一张熟悉的面孔，通用的月票。

满车厢的人哄笑起来，没有谁觉得有什么不对的地方。

书梦

很小的时候，我就做着书的梦，梦的内容是希望自己拥有几本书看看。那时候家里很穷，没有钱买书，有时碰上特别好看的书便爱不释手，但只能挑最精彩的段落、句子抄下，以至于到现在买得起书了，看书时也不忘做点笔记。

记得刚上小学，我便认识了不少字，成天找书看，从小人书逐渐过渡到长篇小说。那时候，农村的书很少，我便常在同学家里搜罗一些，诸如《我的一家人》《遍地黄花分外香》等，看完一本又一本，简直像着了迷一样。只要一有书，饭可以不吃，觉可以不睡，一直到看完方肯罢休。记得有一次母亲蒸馒头，让我拉风箱烧火。我边看书边有一下没一下地拉着风箱，到头来，一本书看完了，一锅馒头也全烧黄了。

再大点的时候，仍做着书的梦。梦的内容是自己也要写书。看着一本本内容丰富的书，读着书里悲欢离合的故事，我下决心也要写写人生的乐趣、人生的疾苦，因此，我迷上了写作。从中学到大学，我的作文经常被老师当作范文，还时不时发表，虽然那时还没有出一本书，可写书的决心却使我积累了丰富的知识。

走上社会后，书的梦变得时淡时浓。我仿佛才明白一本书的问世要经历多少努力、多少辛苦、多少生活的体验，只有热爱生活的人才能写出真正的好书。因此，每当那种"少年壮志不言愁"的感觉悄悄地涌来，我就会拿起笔，随便写些东西，但这已不单是为了发表作品和出书，而是为了给自己看，与自己的灵魂、与整个社会对话。心里淡泊了许多，情思反而涌来，我才懂得生活本身就是一本书，一天又一天地翻着新页，写好人生的书才是非常重要的。

写书难，出书难，书梦却依然……

路在我脚下延伸

下午突击写完作业，闲得没事，想起好久没有去楼那边的草坪上转转了，便放下书，信步走出教室。

沿着草坪上窄窄的小路走了一阵，觉得有些厌倦，近来常常这样，脑子里亦空空如也。偶尔回头一看，雨后潮湿的小路上，留下了一行歪歪扭扭的脚印。这就是我的脚印？我的眼睛似乎潮湿了，路变得模糊起来……

路的尽头，跑来一个戴红领巾的小女孩，她迎着朝阳，欢快地走在上学的路上，那就是少年的我。当一个小班长，喜欢读《雷锋的故事》，幻想着当英雄，像雷锋、黄继光、董存瑞一样。那时的我很单纯。记得一次考试只得了八十分，我哭得连饭也吃不下。在那条上学的土路上，留下的脚印虽然幼稚但坚定有力。

我长大了，人们说我成熟了，我却感到失去了一种宝贵的东西。

上大学的第一节课，讲桌上蒙着厚厚的尘土，黑板涂抹得像一幅现代派绘画。老师走上了讲台，首先拿起板擦擦黑板。我环顾左右，那些人眼睛中没有羞愧和不安。我低下了头，假如在过去，我会毫不犹豫地走上去，可现在……

一边抱怨着老师留下的作业多，一边照着书上的公式做题。其余的时间呢？不知道都去哪里了。期末考试临近，便放弃一切活动，突击复习。只要能通过六十分"大关"，即意味着可以过一个愉快的暑假，什么理想和梦想，都与我绝缘了。静坐沉思时，心里也有一丝惭愧，但也是一晃而过。

我变了，变成我不喜欢的样子。可我才十八岁，该怎样走完这漫长的人生之路呢？我想起了保尔·柯察金的那段话："人最宝贵的是生命，生命对于每个人来说只有一次。人的一生应该这样度过：回首往事，他不会因为虚度年华而悔恨，也不会因为碌碌无为而羞愧……"

我在路上思考着，路在我脚下延伸……

初次投稿

大四的时候，共青团陕西省委主办的《当代青年》杂志开设了一个大学生专栏，主要反映大学生的生活情况，专栏的编辑是南岭先生。我偷偷地将自认为不错的几篇散文和诗歌装进信封，在封面上工工整整、端端正正地写上收件人南岭的大名，寄了出去。那时候，我并不知道南岭是男是女，年方几何。

过了大约一个星期，课间的时候，生活员递给我一个印有《当代青年》字样的牛皮纸信封，想到自己曾经给《当代青年》投过稿件，便不敢当众拆信，恐怕别人看到了退稿信后自己难堪。等到下了课教室只有我一个人时，我才小心地拆开信封，发现信封里装的并不是退稿信，但也不是录用通知单，而是一个便笺。便笺上短短地写着几句话，意思是看到了稿件，印象不错，但跟杂志的风格有差距，希望来编辑部面谈修改意见。落款是南岭。看到这短短的几句话，我高兴得差点跳了起来。毕竟，这是我第一次鼓足勇气向社会刊物投稿，虽然我之前在校刊上、报栏里也发表了不少文章，但还没有在正儿八经的社会刊物上发表过一篇文章。

过了两天，我约了一个要好的同学，找到了位于红缨路的《当代青年》编辑部，不料南岭先生不在编辑部。当班的编辑告诉了我们他家的地址，我们按图索骥，找到了他家。一敲门，开门的是一个四十多岁的男子，正是我们要找的编辑南岭先生。

那一天，他给我们讲了《当代青年》的用稿特点，并且讲了我那几篇纯文学稿件，虽然不乏文采，但离现实生活远了点，他告诉我投稿要分析每个刊物及报纸的用稿特点，有针对性地投稿。说完了稿件，南岭先生问了我们在大学的生活情况。当时正值毕业分配前夕，大家的去向一片渺茫，因此，我们言语之中不免流露出了忧郁担心的情绪。

回校后没几天，我就收到了南岭先生的一封信，长长的三页，信中以长辈的口吻给我叙说了他们大学毕业分配时的情况，以及他自己的心路历程，分析了社会上报纸刊物的大众需求，鼓励我从精神象牙塔走出来，少一点书生气，勇敢地认识社会、面对生活。信的最后说，拟采用我的一篇散文，但题目不行，得换一个通俗易懂的标题。

这是一个老编辑给初次投稿的、只有一面之缘的我写的一封语重心长的信，对当时就要走出校门、走上社会的我来说，犹如一股清流，缓缓地流入我的心田，驱散了我毕业前夕紧张焦虑的情绪。

毕业后我去了一个三线企业上班，几乎忘记了还有投稿这件事。在这个三线企业上了三四个月班后，我收到了几经辗转寄来的1987年第7期《当代青年》期刊，以及二十七元稿费，那上面刊登着我初次投稿被采用的一篇散文，文章的题目由我拟的《充实》改为《我能算阳春白雪吗？》，虽然一看文章题目我有些许的脸红，但文章确实是我的，尤其是那二十七元的稿费，足足抵了我半个月的生活费。1987年刚上班时，我的基本工资也就七十二元，所有补贴加上也就刚刚一百元。看到这些，我想起了南岭先生对我说的每一句话，还有那封长达三页纸的信，他对我有知遇之恩。这件事令我高兴了好长时间，一起分配的几个学生也跟着我高兴，要我请客吃饭。让我高兴的不仅仅是那篇文章的发表，更重要的是南岭先生对我的开导和教诲。

这件事距今已有七八年了。七八年间我写了许多稿件，也发表了不少，并且从山沟搬到了城市。可是，我却再也没有见到南岭先生，也没有给他说过一句感谢的话。至今，我还不知道他的真实姓名，但我却知道，我第一次投稿就碰到了一位好编辑，一位人生的好导师。我知道，南岭先生不但教会了我如何接近生活地写作，更教会了我要热爱生活。

初考记忆

　　我上初中的时候，学习成绩在我们乡的初级中学里可以说是名列前茅的。但是成绩却跟荡秋千一样，忽上忽下的，很不稳定。往往是期中考试考好了，期末考试就会下滑一些；期中考试考砸了，期末考试就会考好一些。据说，这是学生考试的一般规律。可能是初中生心态不稳的缘故吧，考好了这次，就会有一些骄傲和放纵滋生出来，学习的劲头不由自主地就会减弱，逆水行舟，不进则退，如此就会影响下次考试的成绩。如果这次考试考得不好，就会奋起直追，暗暗使劲，功夫不负有心人，下次考试，成绩就会自然而然地提上去。

　　记得有一次期中考试，考前老师再三强调要公布成绩，将每个班每个人的各科成绩出榜，让学生重视。

　　所谓的出榜就是用毛笔将全校学生所在的班级、姓名、学科、各科成绩都按高低写到一张张红纸上，张贴在教室外面的山墙上，全校师生路过都可以看到，这个办法对学生的震慑作用还是很大的。有时候大人问你考得咋样，挨没挨着校长，就是在取笑成绩低的人。榜单往往是按考试成绩排列，先列成绩靠前的，第一第二位列榜首，成绩最后一名的学生位列最后，写完这个倒霉蛋的名字后，紧跟着就会写上校长的大名，然后是年月日。不过，这个办法太过于刺激考试排名靠后的学生了，不人性化，后来慢慢地许多学校就改成了按学号排名。

那次考试我可能重视过头，也可能心智不够成熟，败走麦城，名字差点就挨着校长了，这当时在学校是一个大事件——我的物理考试交了白卷，引起了年级间老师和同学的一片哗然。最后不知是什么原因，这次学校也没有按原计划张贴成绩榜。

记得当时是初二年级，考物理时，我拿上考卷一看，第一个是选择题，试卷上画着一幅图，是关于杠杆原理的。我左看看，右算算，四个答案ABCD就在那儿，我却不知道该选哪个。可能是当时没有真正的学通弄懂吧，再加上平时自己学习也不错，就有一种不服输的劲，现场就较起劲来，没想到却怎么都想不出来如何下手做这第一道题，加上想起张榜公布的事情，心里一急，脑海中突然就一片空白，其他的题也看不进去了，四十分钟的考试就这样过去了。监考老师来收卷子了，看我一脸茫然，问，你没事吧？我不知道如何回答，就不说话。本不想交卷，但又不能违反规定，就将没有答题的卷子交了上去。记得后来任课老师来问我，给我讲了难住我的那个题，老师一讲我便豁然开朗了，然后才发现除过这个题，后面的题都很好做，然后就明白了考试先做会做的题，然后再研究不会做的、没有见过的题的道理，采取这样的技巧可以真正地发挥自己的实力，分数会客观一些。实际上考过试的人都知道这个道理，只是有时一慌乱，考场上就忘记了。

中考在懵懂中很快到来了。我们的初级中学不设考点，我们被提前拉到距我们学校二十公里的赵庄镇中学住下，一帮人在蜘蛛网挂在墙上的、用教室改设的宿舍的通铺住下，叽里咕噜地聊天，然后进行考试，考完又被拉回家等待消息。过了不久，中考成绩就贴在了学校的大门口。当时，我还在地里给猪拔草呢，有同学撵到地里来报信，说我考了全乡第一名，多少多少分。我半信半疑，放下草笼就去学校门口看，确实是第一名，但是离我报考的初中专大荔师范的分数线还是少了一分，失望瞬间冲击着我。这时带我们英语课的老师找到我，说我的英语才折算了九分，当时英语是按百分之三十合计到总分里的，九分的核算分只能证明一百分的英语卷子我只考了三十分。天哪！这怎么可能？我英语平时学得还算不错，怎么会考一个全校的倒数第一呢？！英语老师估计什么地方搞错了或者卷子弄丢了，还可能是卷子判错了。英语老师带着我和母亲冒着大雨去县教育局查分，最终没有查成。就这一分之差，我与我初中毕业的第一志愿大荔师范失之交臂，上了第二志愿澄城中学。1981年那时候，初中专比高中优先录取。这样的话，我直接上师范跳出农门的梦想就破灭了，而是要上高中考大学了。当时的高中已经转为学制三年，我和父母一起发愁：我愁的是还要努力学三年，父母愁的是又要多上三年，学费哪里找呢？

这时候，家里就有了分歧。因为贫穷，家里供我一人上学还是挺费周折的，经济不宽裕，大家都盼着我能考上初中专，早早上班，早早挣钱养活自己接济家人。谁知差这一分，我就失去了在当时上初中专这个梦寐以求的机会。我父母建议我不去上高中，而是补习一年，再考初中专，可是我想上高中，又说服不了家长，我们就僵持着。

有一天早上，刚放下饭碗，穿着灰蓝色中山装上衣、黑色长裤，个子瘦高，鼻梁上架副眼镜的班主任兼语文老师来到了我家。他给我父母详细讲了我上学的情况，建议我父母同意我上高中，并讲了初中专和大学的不同。父母听后犹豫不决，又害怕上三年高中考不上大学。老师又给我父母讲我如何天资聪颖，如何勤奋好学，又说补习一年万一考不上呢，就会白白浪费了一年。总之，在老师的劝说下，我父母同意了，我顺利地上了高中，没有复读。

有时候命运就像一个调皮的孩子，在不远处对你虎视眈眈，随时可能准备捉弄你，就看你如何应对；有时候命运就像一句提醒的话、一束穿过暗夜的光，时空转换中，就变了方向——好事变坏事，坏事变好事，好坏就在一念之间。

我至今还是非常感谢初三时不知如何少得的那一分，虽然我失去了当老师的机会，但是为我打开了一条更宽广的道路；更要感谢我的两位老师，在关键的时候替我考虑替我着想，使我顺利地走过了人生的第一个十字路口。

前几年在西安偶然见到我初中的班主任语文老师，约同学和老师一起坐坐，只是中午简单地吃了顿饭聊了一会儿天，却在一年后回到老家，听到老家人的好评，说我工作不错，为人不错，也没有忘了当年的老师。我听后心里有些内疚，其实我是可以更多地联系老师的，老师就在老家附近的一个村子里安度晚年，可是因工作生活所累，我却很少有机会专门去拜访老师。路过当年上学的初中，也没有再走进去一次。是物是人非，还是自己不愿意再回首那艰难困苦交织的初中生活呢？估计两者都有吧。

随着年龄的增长，以前的事不约而同地从记忆深处跳出来，丰富了我自己现在的生活。20世纪80年代，我们正上初中高中大学，正赶上了在中国历史上高考改革以及改革开放等波澜壮阔、可以浓墨重彩抒写的时代，也不像现在的学生这样成天补课，上各种补习班，家长也是压力巨大。那时学习都是在学校课堂、自习时就搞定了，不用家长签字改作业。可是，那时的自己却不知学习氛围的轻松，历史总是要经过几十年甚至上百年才能沉淀下一些东西，包括人的感受。

似曾相识的一幕

　　假期去儿子家帮忙带孙子，遇到儿子指教孙子的一件事，让我突然就像回到了过去，回到了九十年代初期我教育我儿子的时候。

　　全家人一起吃中午饭，我三岁多的孙子一会儿吃一口，一会儿玩去了，不好好吃饭。这也是他最近一段时期的一个显著问题。平时大家都尽量地引导他自己按时按点吃饭，不吃零食，但架不住一个"爱"字当先。大家都宠着他，都争着给他提供好吃好喝的，谁也不去批评他。眼看着他上了幼儿园，自己吃饭的习惯刚刚养成，无奈又碰上了寒假，而且是史上最长的寒假，这中间大家都窝在家里躲病毒，锅碗瓢盆的难免会磕碰一下的。孙子吃一口饭跑开了，去铺着垫子摆满玩具的乐园玩了一会儿，然后爷爷又叫回来吃一口饭。我佯装生气地说，都快四岁了，自己还不好好吃饭，跑来跑去的一会儿饭都变凉啦！我话音刚落，正在吃饭的儿子起身说他来管。孙子长这么大了，儿子也看管了，但是次数屈指可数。他这时要自己管，我们谁也没有说什么，那就让他管吧。

可任凭儿子软硬兼施，孙子就是不上饭桌，而且还用他的小拳头打他爸，嘴上不断说着"不要你了不要你了，你走吧"的话语，还又哭又闹的。这时我爱人走过去说他来管吧。儿子却不同意，他和孩子进了自己房间里，一会儿说这一会儿说那的。我们饭后收拾完毕碗筷厨房，还没有见他俩出来，我走过去看看，隔着门问他俩什么时候吃饭，问他俩说好了没有。儿子在房间里听到我的问话，不耐烦地让我回自己屋里去，让我别管了。听到这里，孙子加大了哭声，跑到我的身边。我刚准备抱起来哄哄他，可儿子说不能惯他毛病，这事从哪儿开始就要从哪儿结束，别人都不要管了，不能由着他。硬把孩子从我身边拉了过去。我耳边听着孙子的哭声，又气又急，但也没有办法。这时候说儿子，助长了孙子任性的习惯和胆量；说孙子，更不可能。只能回自己房间等着。

这时候，我突然想起我儿子四五岁时，一个类似的情景。

那是一个周末，我婆婆从长安县来到我们住的西安东郊工厂的过渡楼里来看孩子。所谓过渡楼，就是比单身宿舍好一些，但比正常的一室一厅差一些，具体地说就是小一些，没有客厅。这个房子有二十七八平方米的样子，有小小的厨房、卫生间、卧室，没有客厅，但有一个能放一张单人床的过道，过道一边是入户门、窗户，一边是卧室。这天本来大家都好好的，结果一个家长带着小孩来告状，见我婆婆在家，就把我和儿子叫出来站在楼道说话，说我儿子打了她孩子。听后我就给人家道歉，并当着人家的面批评了儿子几句。可是我儿子哐当把门一关，把我们都关在楼道里，自己跑回家去了。我们再叫开门，就怎么都叫不开了。我送走了告状的家长和小朋友，等了一会儿，婆婆开了门。我回到家里问儿子为什么关门，他跑来跑去的，不听也不回答，一会儿爬高一会儿踩低的，没有消停。平时他爷奶没有来时他还好些，说一次两次的就管用了，可是这天，他仗着有他奶在家，怎么说都不听，还不断犟嘴。气得我把他拉过来，顺势把他关在了门外面。

在我拉儿子的时候，我婆婆就不断地劝说，不让拉，让儿子赶紧给我服软，给你妈服软你妈就不生气了，也不打你了。谁知儿子嘴硬还不断反抗，挑战我的耐心。我不能当着婆婆的面打他，只好把他关在门外反省。可是我刚把他关到门外一分钟不到，婆婆就要去开门放儿子进来。我不同意，婆婆执意去开门。我就用身体挡住了门，说再关一会儿，要不他记不住。这时，我婆婆打开了门旁边的窗户，朝楼道喊着，毛毛，你别乱跑，你妈生气挡着门呢，我打不开，等你妈一会儿气消了奶就给你开门了。我哭笑不得，本来家法也用了，可是这么一来，还有什么效果呢？

历史就是这样重演着，刚刚儿子教子一幕，忽然让我想起了二十七八年前似曾相识的那一幕。看来每件同样的事在不同的阶段对每个人而言感受是不一样的，概莫能外。如果我知道今天我儿子当我面教训孙子时我心里的滋味，我还会在昔日当着我婆婆的面那样教育我的孩子吗？答案是否定的。我可能会避开那一天，再另外找个合适的时机，新账旧账一起算吧。

无可奈何花落去，似曾相识燕归来。我们祖祖辈辈就这样一代代传承。许多事没有绝对的对与错，大家都是希望一代更比一代强，都是想让自己的后代能力更强一些，生活的质量更高一些，生活得更美好一些，当然这个过程中教育的方法因人而异，而初心都是向好向善的。

时光的咏叹调

时光有声音吗？有。你看春天叶子发芽，花朵含苞待放；夏夜满天的星星闪烁，布谷鸟穿过麦田；秋天硕果累累，万紫千红；冬季白雪皑皑，北风呼啸。一年四季的景致随着时光的变化而变化，不同的变化孕育着不同的生命希望。你看每个人都要经历十月怀胎，一朝分娩。每个人都要经历童年、少年、青年、壮年、暮年，然后就完成了生的使命，成为时光的载体，一个轮回又接一个轮回，生生不息。

中国工人出版社2020年公开出版了我的散文诗歌集《时光的声音》，将我以前在各类报纸杂志上发表的散文和诗歌打了个小结。这个集子里的作品虽然谈不上文笔流畅、才思敏捷，但记录了我感受生活、热爱生活，在生活中的一些感悟和体会。散文篇开篇文章《路在我脚下延伸》写于我十七岁时刚刚考上大学离开农村老家之际，当时的彷徨、犹豫、"路在何方"的疑惑至今还记忆犹新，映现出了20世纪80年代初期每个从农村走进大学的孩子所展现出的青涩和懵懂。

散文《太阳每一天都是新的》，写于2008年汶川地震后的第二天。当时，我正被繁重的工作和生活所迫，除过工作必需的专业论文、报告、讲话，有近十年都没有动笔写文学作品了。但刚刚经历了躲避大地震、逃离楼房的惊恐瞬间，当新一天的太阳照在脸上，突然就对生命有了全新的认识和体会。就在上班时还有余震的惊恐之余，匆匆地写下了这篇散文。这篇散文，适时地延续起我断了十年的文学梦想。

后来，工作之余，无论什么时候有灵感，我都会写散文或者诗歌，将这一业余爱好坚持了下来。

《时光的声音》诗歌篇虽然没有标注具体写作时间，但也是按时间排序，只是结集时出版社将写作时间去掉了。开篇的《希望》也是写于大一时，一个渭北高原农家的少女刚刚通过千军万马的高考，过了独木桥，考进了大城市西安，走进了象牙塔。新的学习和生活中遇到些困惑和困难，但她是单纯的，也是朴实的；她的心灵是积极的，也是善感的。因此她有了新的希望，有了心灵的寄托。诗歌篇最后一首是《年终盘点》，写于我五十多岁时，当生命走过了半百再回首往事时，就产生了好像一事无成的感慨，而文字却丰富了我的精神世界。

这些文字最能抚慰心灵，让我的心宁静。书中也有一些时间如水似烟伤春悲秋的感叹，但大多是关于青春、爱情、友情、学习、生活、生命的思考。只有仔细翻阅，认真阅读，才会发现这本书收录的文章在时间跨度上有将近三十年。从文章中也看得出来，前期的文章主要是对友情、爱情、亲情以及刚刚步入社会时对人生的思考，文章风格简洁、直白、朴实。1998年后的十余年间，我几乎停止了文学写作，直至2008年。

五十岁前后，离开了生产经营一线，有空闲时我又提起了笔，重拾起年轻时的爱好。我想前面这些年没写散文、诗歌，究其原因，主要是工作生活都太紧张了，也缺少了文学写作的环境和土壤。最近几年，我之所以能重新捡起自己的文学爱好，除了有空余时间外，我想我是有一些文学情怀的。爱生活、爱思考，也像陕西绝大多数人一样勤劳、坚忍、真诚。在书中排在散文或者诗歌后面的一些文章中，可以看出这些端倪和变化。

这是我公开出版的第一本书，题目也是我再三思考确定的，包含着我一贯惜时的认知和对光阴流逝的不舍，是对我不同时期写的散文和诗歌的一次汇总，也充满了我对生活的感悟和执着。时光的跳跃流逝使我的思考和文笔更成熟，也算是我对上天垂怜于我的一种回报吧。

我的《时光的声音》，用心写人写事写情，落笔平实但情趣高雅，希望读者看看。现在写的这篇文章除王婆卖瓜外，也算是我对出版社出版我这本集子的说明和感谢吧，也算是我对爱护我、呵护我、关心我的领导、同事、朋友的感谢吧，也算是对我写作和作品的一些解读吧！

他乡遇小偷

丈夫从一个沿海城市出差回来，在感叹沿海城市发展快、政策活之余，还讲起了两次遇到小偷的不同经历，不得不感叹如今小偷作案手段之多。

第一次遇到小偷时是在公共汽车上，丈夫一点感觉都没有。当时他只顾观赏窗外沿街的景色，忽然听见有人喊他的名字，正纳闷之际，看见售票员拿着一张身份证和转账支票在问谁叫×××，确认是喊自己的名字，一摸口袋，才发现身份证和随身带的二百元现金都不见了，也不知道什么时候被偷走的。一问旁边的人，才知道小偷早下车了，身份证和支票是下车后从窗户扔上来的。他说当时生气之余又多了份欣慰，否则第二天的班机肯定坐不成了，晚上住宿如果碰上查身份证也成了问题。看来，那时的小偷还挺"通情达理"的，只拿了点钱，没造成更多麻烦和不便。

第二次碰到小偷是在一个钟表店，他背着手看着柜台里那些款式各样的手表，准备给我选一只。当时，一左一右站了两个人也在看手表。他突然觉得裤子口袋被碰了一下，第一次被偷后有警惕性。他转身一看，只见一个人手拿着亮晶晶的镊子正从他的口袋里往外抽，他一下子明白发生了什么事，就照那个人的腮帮子打了一拳。也许那一拳打得很重，但那个拿镊子的人捂着脸没吭声，可旁边的那个同伙扑上来了。他当时紧紧地握着拳头，双目怒睁，准备来一个打一个。也许是他人高马大，也许是他准备拼命的样子吓到了那个人，那个扑上来的同伙到了他的跟前突然停下来，随后两人就慌忙跑出了钟表店。

丈夫讲完，我责怪他，在外地钱没被偷就好了，还惹事，不怕小偷人多吃亏吗？丈夫却说，第一次被偷不知道，第二次众目睽睽之下，他们人多我就跳进柜台里，看商店保护我不。再说那两个人个子都小。说完他又补充道，以后出门还是自己注意点好，最好别碰上这类人。

黑猫叼走了

　　小区里有一只黑猫，全身黑乎乎的，长得威武神气，身长有一尺半，比别的猫看起来凶猛。一对黑亮的眼睛，经常警惕地注视着四周，两只耳朵竖得高高的，神态极像动画片《黑猫警长》中黑猫警长的样子。

　　它经常在小区里转悠来转悠去，后面还跟着两只体型较小、背上黄白相间的花猫。小区里爱护动物的人士为它们准备了猫粮，放在固定的地点，它们吃饱喝足后就在小区里四处溜达，也不惧怕行人。小区里的草地上、冬青旁经常有它们巡游的影子。有时候，它们出现在我家阳台下的草坪上；有时候，又盘踞在我们去小区外面的某一个路口；有时索性懒洋洋地睡卧在单元楼门口，除非你粗暴地跺脚或者叫喊，否则，它们是不会搭理你的。时间一长，小区的大人小孩子们都熟悉了它们。

　　我的两个小孙子，一个六岁，一个接近四岁，淘气无比，记性却很好。他们经常为了一个玩具、一本书争执不下，不按时吃饭睡觉，整得得空照顾他们的我毫无办法。

为了让他们按时吃饭睡觉，也为了减少他们之间的小矛盾，协调他们之间的小纠纷，叫停他们之间的小争斗，我就经常编一些故事来哄他们。

有一天，他们为了一支水枪抢来抢去，双方哭着都不肯罢休，我趁他们不注意时，迅速收起了他们争抢的水枪，并藏了起来。小孙子问，水枪呢？我说，楼下的黑猫叼走了。大孙子说，奶奶你又骗人了吧！他们两人一时找不到水枪，就停止了争斗，开始一起寻找水枪，寻找不着，然后就开始各玩各的，家里的气氛很快就平静了下来。

这样的事情，发生过不止一次。

前段时间，我和大孙子准备出门，临出门时，大孙子找不到他的凉鞋了。他回家一进门，就将凉鞋很快脱下扔了，不知被踢得跑到了沙发还是床底下。我一个屋子一个屋子找，大孙子突然说，奶奶，你不要找了，黑猫叼走了。看着一个长得一米二左右、马上就要上小学的六岁多的孙子说出如此的话，我有些奇怪：这是什么逻辑？家里也没有养猫，什么黑猫能叼走鞋？可别将动画片上说的事情与生活中的事情混淆了。我就批驳他说，黑猫怎么会把鞋叼走？赶紧找，别瞎说。大孙子一撇嘴，回了句，你不是经常说楼下的黑猫把东西叼走了吗？不是黑猫叼走了，难道是鞋离家出走了？我的天哪，现在的孩子，真是不得了！看来平时再不能以为他们还小，就随意对他们乱说了，要认真面对他们提出的问题和面临的矛盾，才能不被自己说过的话打脸。

更麻烦的是小孙子小小年纪，经常跟着大孙子学，照猫画虎。有一次他将桌子上不让再吃的糕点盒子打开，偷吃了几块糕点。当我问他盒子是谁打开的，他居然说，是窗外吹来的风打开的。问糕点谁吃了，他接着说，黑猫吃了，他没有吃，还一副扬扬得意的神态。我一时不知是该表扬他的机灵，还是批评他的不诚实，只能转移话题，让他不能撒谎，不能骗人，要按时吃喝，少吃零食云云。不知他是否能听懂、明白。

家长是孩子的第一任老师。这话一点不假，不光父母，还有爷爷奶奶、姥爷姥姥，看护孩子，管教孩子，都要时刻关注他们的言行，并且根据他们的言行，不断修正自己的教育方法。

泰戈尔《飞鸟集》中有句话：真理之川从它的错误之沟渠中流过。教育孩子的事也是如此。

学无止境。"活到老，学到老。"我跟着两个小孙子，也学到了不少哲理，而且还将学到、用到更多的东西。毕竟，时代进步了，新的知识、新的技能越来越多了，一代更比一代强。

牟小兵的诗歌

认识牟小兵是20世纪80年代的事情，那时我刚大学毕业，分配到牟小兵所在的汽车厂上班。那个年代，是现代诗大肆流行的岁月，舒婷的《致橡树》、北岛的《回答》、余光中的《乡愁》风靡了全中国，甚至是每个文艺青年都耳熟能详、张口吟来的诗章。我们所在的汽车厂在周原岐山五丈原诸葛亮庙脚下，文艺之风盛行，每周工厂会出版一期四开版的《陕西汽车报》，第四版是文艺副刊，大家经常争先恐后地看着，寻找着自己喜欢的作品或熟悉的人，在报纸上面我们经常会看到牟小兵的诗，随后就认识了他本人。

他是一位骨子里浸着诗意的人，生活中的他心中有情，情中有爱，爱中有智慧，内敛深沉而低调。

《文字长成山川》是牟小兵作为行者的又一本诗集，读来萦纡隐秀，跌宕起伏，文采飞扬，没有半分艰涩朦胧。他充满激情、率直、有担当、责任、思考的诗能唤醒我们的感情和思考，引起我们的共鸣，加深着我们对生活价值及生命个体的思考。

时光荏苒，岁月倥偬。不经意间，大学毕业至今，我们在工作和柴米油盐之中不知不觉地过了已近三十年了。近三十年来，我们当年许许多多的文学爱好者早已丢下了笔，忘记了曾经的梦想，而牟小兵却笔耕不辍，踽踽独行，一首首地写着诗，一本本地出版诗集，这应该是他的第四本诗集了。

他前期的诗歌中不断有桃花、春天、太阳、月亮等意象的出现，优美中透着忧伤，舒畅中抒发着情感，清秀脱俗、隽永深刻。比如"河流走不出大地/桃花走不出春天""就像夜晚把夜晚洗得这般干净/成为白天宁静的倒影"这样的句子。诗集中还有许多体现着诗人的情感寄托，让人看后既感慨万分又有所思，不由得想透过诗句探究诗人心中的人和事，探究其中的深刻寓意。再比如："五千个汉字是五千匹骏马/一些马是另一些马的影子""死亡是时间的量具/而快乐/只是上面的尘埃""我所拥有的词语/全都睡去/只有留守的思想/独自醒着……""他成了自己的病人/他惊异地发现/自己是上帝处方中/一味低廉的草药……"等等，他后面写的诗中注入了岁月的沧桑、厚重的历史、生命的价值，渗透着对艺术、情感、时空、哲理、生命、人性的思考。这些优美的诗句背后，蕴含了诗人丰富的想象、深邃的思想。他用他对生活、生命的热爱写诗，用诗丈量着青春、壮年乃至以后的时光，用诗演绎着人生春夏秋冬更迭变换，诠释着历史、现在与未来的沉淀与推进，用诗表达着自己厚重博大的内心和高昂的气势。

没有痛苦，没有诗。

没有忧伤，没有诗。

没有想象，没有诗。

没有思考与探索，也没有诗。

有了以上，但没有勤恳没有奋发，更没有诗。希望牟小兵的诗能持续打动广大读者，启迪读者。也希望牟小兵保持现有的状态和激情，奉献给文学爱好者以及广大读者更多更好的诗！

三　品悟人生

太阳每一天都是新的

2008年5月12日，本来是一个平常的日子。但是，下午2点28分四川汶川发生了大地震。从此，"5·12"这个日子铭刻在了每一个中国人的心中。

5月12日下午，至少半个中国都有震感，我所在的西安离震中汶川直线距离只有三百公里，震感还是相当强烈的。

当时，我正和同事在三层的办公室说事，突然觉得自己坐的老板椅有些晃悠，再仔细感觉了一下，才发现不是椅子在晃动，而是楼层的地板在晃动。不好，是不是地震了？我连忙问同事。同事说，地震了，他头晕得厉害，赶快下楼吧。

我一手拿着手机，一手拿着笔，奔出了办公室，出门时，门框在头顶吱吱呀呀地响。跑到楼梯口，看到不少同事已急急忙忙地往下跑，我感到脚步很沉重，整个办公楼左右晃动着，好像马上就要倒塌了。当时，我心里想着赶紧跑，可脚不听使唤，腿有些发软，加上人多，当领导的怎么也不能和员工抢道吧？我心里想，今天完了，生命就要结束在这里了。在人流的簇拥下，我终于走出了办公楼。在浙江上大学的儿子打来了第一个电话，说是网上说宝鸡地震了。随后丈夫打来了第二个电话，说赶紧跑，地震了。我看办公楼下集结了不少同事，还有一些熟悉的同事没有下楼。再打电话联系时，就是忙音了，网络瘫痪了。

四十分钟后，网上终于有了消息，说四川的汶川发生了八级大地震，又说晚上还有较大的余震，惊魂未定的我心又提了起来。

许多人不敢进房间，都待在户外。晚上，有车的人将车都开到了城外，预防着余震。亲朋好友都互相打电话、发信息，互报平安，相互叮嘱着注意事项。

我的房子在一楼，又是刚刚建好的，就大胆地没有出去过夜，只是将房子的大门、单元的门都开着。和别家一样，家里一直亮着灯，桌子上倒放着矿泉水瓶，卫生间里存放着水。据说，卫生间空间虽小，但在地震时最安全了。我时刻准备着一有动静就跑出去，或者至少跑到卫生间里，就这样一直在不安中等到了天亮。

5月13日早晨8点，我像往常一样听着广播开车去上班，车由西向东行驶着，听着广播里报道汶川地震的事。阳光透过车窗上的玻璃照到了我的脸上，我突然泪如泉涌，觉得生命是那样的不堪一击！天灾是那样的凶猛、无情！这天早上的阳光是那样的亲切、真实！活着真好！我走进办公室的第一件事，就是给同事和朋友编发短信：太阳每天都是新的，活着就有意义地过好每一天吧！

林外星光

从小学至今，我上过四所学校，熟识数百名老师，有给我印象很深的人，也发生过许多激动人心的事。可是，对我影响至深的却是他——沉默、冷静得近乎冷酷的小吴老师。说他冷酷，只是由于他批评人时不留一点儿情面，一针见血地说中别人的要害。很难看到他的微笑，他总是那样的严肃，给人一种可敬不可近的感觉。不熟悉他的同学，都远远地躲着他，觉得他有点儿太"正统"，以至于近乎古板；可熟悉他的人都觉得他很随和，也很关心人，他很热爱自己的本职工作，热爱教育事业。

他虽然家在本市，可是一个礼拜七天，他仅回家一次，工作之余，他几乎都泡在学生之中，找学生谈心，处理学生日常生活中的问题，和学生天南海北地聊天。同学们欢迎他的到来，也愿意和他讲知心话，但这却经历了一个较长的过程。他刚开始去83级男生宿舍时，由于同学们对政工干部存在看法，大家并不欢迎他。他刚一进去，刚才还热烈的谈论声便戛然而止，谁也不说话，各自干各自的事，没有人搭理他。可他并未因此而打消了去学生宿舍的念头，反而去得更频繁了，和大家一样地拉家常，谈人生、理想、事业、爱情，但大的问题他从来不含糊。他将自己的心交给了同学们，同时，也获得了同学们的信任，疏远他的人慢慢地亲近了他，同学们都亲切地喊他小吴老师。

当时，他是管理系学生党支部书记、1983级辅导员、两个班的班主任，工作繁忙，但系里的大小活动和班上的活动他都尽力参加。记得有一个班春游，选的是星期天，大家请他一块儿出去玩儿，他风趣地说："好长时间没回家了，再不回去，女儿跟我建立不起感情，都不认我这个爸爸了。"

他外表冷峻，实际很随和。班里大大小小的事情以及同学的思想动态，他都了如指掌。同学们平时可以和他开玩笑，可是碰到原则性问题，他寸步不让，坚持按原则办事。有个学期，班上的两个学生考试传字条，被监考老师发现，一个学生为自己辩护，说自己没有看到小字条，不算作弊，对系里的处分不满。小吴老师找这位同学认真地长谈了一次，告诉他应该怎样对待考试，如何做一个诚实的人。他说，一个人不论水平和智力如何，难能可贵的是他诚实的治学态度，核心不是看与没看，而是有没有这种思想和动机。

他没有过多地指责这位同学，而是认真地开导他。在他得知这位同学没有吃饭时，他用自己的钱给这位同学买了点心。他的关心和开导终于使这位同学甩掉了包袱，重新振奋精神，投入学习之中。这位同学感慨地说："为了小吴老师的一片诚意，我一定好好学习，以后干出名堂。"

记得有人说过，人的一生是一条悠远的学习长路，当在这长路上无端迷失，总有些人和事温柔有如林外星光，给你指引。我想，小吴老师的思想和行为不正是林外星光吗？在我们同学之中，有谁没有受过这林外星光的照耀呢？

他干的全是平凡的工作，可我觉得这平凡之中孕育着伟大。

幸福的感受

对于幸福的理解，相信一百个人就有一百个不同的答案。

有一天，几个朋友闲聊起幸福这个话题，我随意说起一件让自己感到幸福的事情：在一个冬天的下午，我一个人坐在家里客厅的沙发上看书喝茶，金色的阳光从客厅的窗户直射进来，一会儿打在我的茶杯上和书上身上，一会儿又移动到我身后的墙上。此刻，我觉得岁月静好，能够做着自己喜欢做的事，就是幸福的。听完我的话，一个功成名就的朋友说，这就幸福了？只能证明你幸福指数设置得不高。一群人哄然大笑，脸上映着不同的笑意。

幸福指数，这个近几年时髦起来的词语，对此仁者见仁，智者见智。到底如何去衡量和采集这个指数，如何去获得真实数据呢？按专家学者的说法，这个指数是衡量人们对自身生存和发展状况的感受和体验，或者说是衡量人们幸福感的一个指数。这个说法对大多数人来说，略显专业。其

实，就我们普通人来说，用不用这个指数去衡量幸福，似乎
没有什么太大关系。

我在父母的呵护下健康成长，又赶上了改革开放全国恢
复高考，顺利地考上了大学，毕业后顺利地参加了工作，那
时我认为我是幸福的，有种"天生我材必有用"的感觉；我
的孩子出生，上学时一次次捧回奖状，毕业时拿回本科、硕
士证书，工作时为区域为地方做出一些小小的贡献并得到同
事、朋友、社会的认可，我每每看到他踌躇满志的样子，我
就感觉自己是幸福的，有种成就感，比自己当年拿了奖、升
职加薪还要高兴；我爱人自己一人，将我年迈的父亲带到医
院挂号、就诊、检查、打针、吃药，那时，我是幸福的，因
为有人分担了我的责任。

我年迈的父亲脑梗，半边身子颤颤悠悠不听使唤，成天
唉声叹气，通过家人的悉心照料和及时治疗，逐渐有了很大
好转，摆脱了拐杖，也不用别人搀扶了，父亲兴奋地在院子
走来走去，这一刻，我是幸福的。健康比什么都重要这个道
理，我突然就懂了。

我两岁的小孙子，脸上挂着天使般纯洁的笑容，大老
远看到我就兴冲冲地扑向我的怀抱时，我是幸福的，有人延
续了我的血脉并健康快乐地成长着。这不就是我们每个人努
力工作的目标吗？让下一代有更好的生活条件，有更好的

身体，接受更好的教育，是每一个传统中国人的情感需求和精神寄托，一直以来的家国情怀不就是支撑每一个人的力量吗？

当然，自己工作上取得一些小成绩，自己力所能及地帮助过一些人，自己的建议被采纳，自己的文章发表，自己能够出席一些重要的会议，自己的朋友、同学、家人、亲戚工作顺意，都是幸福人生的一个个要素。

构成每个人幸福的要素有所不同：有的人看重这些方面，有的人看重那些方面，有的人因为这个影响了幸福的感受，有的人因为那个出现了心理困扰，迷失了人的本性。但我想，不管什么因素，幸福的感觉都是相同的，不幸各不相同。

我们有时会以为外在的物质可以给我们带来幸福和快乐，所以我们拼命地追求。其实，无论物质，还是权力，如果回到人的本真状态，那些困扰就都不存在了。我们多数人都是普通人，许多的烦恼来源于自己对现状的不满，不甘心平凡，勉强自己去做违背自己本性的徒劳努力，被无尽的欲望所奴役，在比较中度日、焦虑，却忘了生活的真谛，成了"超人"或者空心人，使自己远离了幸福，即使物质充裕、身居高位、手握权力，也很难感受到幸福。

因此，我想，幸福的感受在于我们每个人。我们每个人都置身于时代的洪流中，只要我们找准了自我的定位，不妄自菲薄，不得意忘形，有正确的价值观，就能够有幸福的感受。虽然这个感受因人而异。

咖啡和茶的友谊

咖啡和茶是两种不同的休闲饮品。咖啡起源于非洲，有单品咖啡、混合咖啡，有现磨的、速溶咖啡等上百个种类、风味，口感也不同，有柔润的、浓烈的、香甜的……而茶叶起源于中国，有红茶、绿茶、白茶、黑茶、乌龙茶等，可以提神、生津、解毒、解暑，味道有的清淡、有的浓香、有的苦涩……

我有一位朋友，喜欢喝各式各样的咖啡，出去小聚，这次喝蓝山咖啡，下次就喝卡布奇诺，唯独不喜欢喝不加糖、不加奶的单品咖啡，她说她受不了纯咖啡的苦涩。她的性格温婉，却柔中有刚。有时间就招呼大家跳舞、做瑜伽，或者出门旅游。她爱帮助人，不厌其烦地协调东家西家的烦琐事儿，如果谁家有婚丧嫁娶之类的事，她一定冲在最前面，指挥这个干这，指挥那个干那，热情、勤奋，不怕麻烦。

我的另外一位朋友，也喜欢喝咖啡，但无论出差还是在家，无论在星级酒店还是家门口的小店，只喜欢点一种美式咖啡，不加糖不加奶，几十年如一日。她性格倔强，有时候九头牛也拉不回来，执着得让人难以理解，有时候又很善解人意，相处久了，就会发现她虽不善言辞，却是个很敞亮的人，有鲜明的个性。

我们三个性格迥异的人互为好友，经常一起出去小坐，一个喝着自己喜欢的花式咖啡，加足够的糖和奶。一个喝着永远不变的不加奶、不加糖的美式咖啡。而我自己只钟情于茶，点的最多的是春季的绿茶、夏季的红茶和冬季的乌龙茶、普洱茶，但永远只点茶，绝不会点咖啡。只是近些年来，越来越喜欢喝陕西本地的茶叶，比如紫阳毛尖、汉中仙毫，抑或泾渭茯茶。

三个出生地不同、年龄不同、性格不同的人，一起坐下来喝咖啡、喝茶，聊经济走势，聊房地产、股票，有时也聊老人孩子、服饰化妆品，聊各自工作中的烦恼、旅游见闻。谈话每每是新的话题里插入了旧的话题，或者一个人打断了另一个人的话，发表着自己的高见，也不用介意是谁起的头、谁收的尾。大家自然地聊着，谁也不见怪不脸红，等各自的咖啡和茶喝得差不多了，话也说得差不多了，就各奔东西。

与人相处只要大家三观一致，有共同的爱好，有善良包容的心，即便喜欢的饮品不同，不管喝咖啡还是茶，都可以做一世的朋友。

多余的人

有很长一段时间，我都认为自己是一个多余的人。这种感觉一直持续到大学毕业，我工作了好几年后。究其原因，可能是我的身世和性格使然。

在我大约九个月的时候，我就被生身父母送到了养父母家。这两个家离得很近，实际上就是以前人民公社时期的一个大队下的两个自然村。这个大队有三个自然村，村里的人都姓一个姓，一个村到一个村的距离有一公里左右，吃顿饭的时间，就可以到邻村串个门。邻村之间也没有什么秘密可言，谁家有点什么事情，邻村的人都知道。因此，打我记事起，在孩子们的起哄声中，我就知道自己有两对父母，以村名为定语，我区别开了亲生父母和与我生活在一起的父母。小时候，我把亲生父母叫作枣园大（爸）、枣园妈，枣园是我亲生父母所在的自然村的村名；我和养父养母一直生活在一起，一直是以渭北的习惯，称呼为大、妈；哥哥、姐姐、弟弟各自正常称呼。

我生活的家庭，因为孩子少，加上养父母非常勤快，因此，家里非常干净、整洁，吃的用的穿的都比亲生父母家里好一些。但即使这样，当一起上小学的同学们指着同在一个学校上学的哥哥姐姐说这是你哥你姐，你是要的娃（渭北地区指抱养的娃）时，我就认为我和人家不一样，是一个多余的人。平时课间看见我哥我姐，我就躲着，偶尔看到我亲生父母来学校附近，我就头一低，跑走了，不愿意多说一句话。但我知道我自己有两个父母，生父母家里有我的哥姐，养父母家里有我的弟弟。小小的我感觉在哪个家都与别的同学不一样，"我是一个多余的人"，这种念头当时一直在我脑海中挥之不去，不曾消失，只是时增时减。到了初高中时，这种感觉变得强烈。现在想来，那也可能是青春期孩子的敏感多疑在加重这种感觉。

20世纪70年代末80年代初的渭北农村，一直很贫苦，我们所在的乡初级中学，大多是来自方圆十几里地的农村孩子，生活都很困苦。都是周末回家背馍，到学校后用网兜把馍装上，挂在宿舍墙上；上课前把当天当顿要吃的馍用网兜装好，放到学校灶上的蒸笼上加热，下课后，拿到宿舍就着辣椒或咸菜吃，再喝些开水。如果课下晚了，自己送去加热馍的网兜就会被别的饭量大的学生拿走，馍被别人吃掉了，自己就要饿肚子。那时小麦面的馍不多，绝大多数都是玉米窝窝头，或者杂粮豆面馍，又青又硬。陕西岐山有个著名作家，好像还专门写了一篇关于背馍的文章，看后让人心里五味杂陈。

年龄和我相差最小的、亲生父母家的姐姐比我大两岁，初中时她上学晚，和我在一个年级，大多时候家里提供的都是玉米窝窝头。我因为养父母家里人少，粮食相对富裕，大部分时间背的都是麦面馍。有时候，姐姐就会错拿了我的馍兜，不知是有意还是无意，我也不吱声。可同村在一个学校上学的孩子却起哄，说你姐拿了你的馍，你只能换吃你姐的玉米馍。更有甚者，在宿舍当众谣传我和我姐的故事，笑话我是要的孩子，笑话我姐和我一个年级。气得我连课都没上，用粉笔在宿舍黑板上恶狠狠地写下两行大字"多余的人×××，谁再说我，谁就是×××"的话语。这个黑板上写的×××就是我的大名。惹得同学们再不敢言语，我自己却躲在被窝里偷偷地哭。我们当时住的宿舍是用窑洞教室改的，用水泥、砖、土打的长长的土炕，是通铺。土炕上放些干草，在干草上面铺上褥子，就是睡觉的床了。因为是教室改的宿舍，床铺上面的墙上才留有黑板，这一行字在黑板上留了很长时间，最后不知被谁擦掉了。姐姐不和我住一个宿舍，见了我也不说话，没有上到考高中时就退了学，不知道是因为家里孩子多供不起，还是因为和我在一个年级遭人笑话。

　　考上大学后，我渐渐淡忘了"多余的人"这个想法，只是觉得生活既新奇又紧张。当我的母亲、哥哥、姐姐来西安探望上大学的我时，同学们在背后议论我们，后来就知道了我的家庭情况。当然，大学生是不会像小学生初中生一样当面说这些的。当时作家余华写了一篇名为《多余的人》的小说，我看得泪眼模糊。小说里的主人公就跟我一样，处处小心翼翼，处处为别人设身处地地着想，超出自己能力，还要去帮别人，生怕别人说自己多余。多少年后，我还觉得我跟这个主人公一样，好像就是这个小说的原型。

　　后来，我上班、结婚、生子，日子过得一天忙过一天。"多余的人"这种感觉只是与亲生父母一家在一起时，我才会产生。在养父母家里，我感觉我跟顶梁柱一样，不能、不敢有一丝一毫的懈怠。踏实、责任、担当、忙碌是真实生活的常态，根本没有时间思考多余的事，恨不得把一人分几个人用。

　　但在亲生父母家，年轻时我一直觉得自己没有丝毫的用处，是一个多余的人，什么时候都与哥姐不一样。进入中年后，这种多余的感觉淡了一些，也多少理解了生身父母的苦衷。但是，我的生父在我不到三十岁那年就离世了，那时我还少不更事。父亲去世时我不在跟前，知道消息后也没有缓过神来，不知道父亲的去世对我意味着什么。我的生母可能一直觉得心里亏欠了我，也可能长期不在一起生活，在与我相处时，便没有多少话可以说。只是逢年过节时，一直打问我回家的消息。

有一次，我生病在医院打点滴，当护士的侄女说她奶（我的生母）打听我什么时候回老家去。我顺口说了句：那么多人在你奶跟前，你奶咋还念叨我呢？我侄女马上伶牙俐齿地说：姑，你还恨我奶把你送人了吧？不至于吧。说这话时，我已年近五十了，我生母也是年近八十的老人了。我突然意识到了我内心深处确实时不时是这样想的，时不时对我生母就有了些许的埋怨。想通后就有意缓和与生母的生分，避免她老人家伤心。只是我生母也可能因为把我早早送了人，自己心里有亏欠，一直到离世，在我自己的小家里住的日子都屈指可数，而且从没有要求过我什么。有时，只是怔怔地看着我。我从来也没有问过是什么原因让我有了与哥姐不一样的生活，是什么原因让我父母把我送到现在的父母处。是贫穷？是累赘？随着我生父生母的相继离世，我也无人可问，也不想再问，不想再知道原因。

我也不再认为自己是个多余的人。凡事，都是有缘故的，随遇而安吧。我想，只要我按照两对父母的意愿和希望，把日子过成我自己想要的样子就好了。

不知道从什么时候开始，我淡忘了多年来"多余的人"这个想法，也更理解我的两对父母了。

儿行万里

2011年7月儿子大学毕业，申请去美国留学。他一再推掉了各种留学中介的热心帮忙，自己亲自整理各种申请材料，报送各种表格，对自己钟情的每个学校及专业进行筛选。这个暑假他的每个行动无不牵动着全家人的心。一般来说，出国留学，先收到的通知书往往是一些排名较后的学校，排名靠前的学校的通知书一般来得都晚些。这样的话，学生选择起来就困难一些：选择早了，害怕错过了后面更好的学校；选择晚了，如果再没有收到通知书，那就没有学上了。这就像MBA（工商管理硕士）课程里著名的一个案例：女子从一百个候选男子里挑选最合适的男朋友，不能挑选太早，这样会错过更好的，也不能挑选太晚从而失去了可选的对象，这是个取舍拿捏问题。儿子选来选去，终于确定了一个学校，出国时间定于8月4日下午，从上海出发。

我按照先期送孩子出国留学的同学朋友提供的出国指

南，提前买了些常用药品，如云南白药、跌打药、红花油、阿莫西林、黄连素等，在8月3日晚连同简单的生活用品、衣物和零星美元一应装箱打包，将零钞、电子机票、护照、毛巾、牙具这些随身物品装到随身的小包里，到了美国才用的东西都装进大的行李箱。我百感交集地整理完行李，写好清单、注意事项，然后不厌其烦地检查行李、打鲜艳的行李带、做有护照姓名的标识牌，生怕飞机转运过程中粗暴装卸行李，拉链万一开了丢失东西，也害怕儿子到了机场后忙乱中拿错行李。丈夫一会儿干干这，一会儿干干那，不知道在忙些什么。儿子按照过来人的意见一直在看书看电视，准备晚睡早起，为的是把自己搞困，在第一次的长途飞行中好好睡一觉。

　　一家三口人除了我时断时续、遮遮掩掩地流泪，其他两个人表情严肃，看不到一点变化。现在想来，一家三口人当时都是在逃避临别造成的紧张气氛，谁也不愿意面对明天将相隔万里之遥这个现实，都用忙碌填充着自己，逃避着不忍离别又要离别的伤感。除了嘱托再没有聊天，许多话都在各种饯行的饭局和前段时间的准备过程中说过了，儿子远行前这寂静沉闷的夜晚，空气中都氤氲着牵挂和恋恋不舍的情绪。

　　8月4日，一家人早早起床，吃了早饭后就开始送机。

我们家离西安咸阳国际机场不远，半个小时不到，车就到了机场候机厅外面。儿子坚持自己办手续，坚持不让我们夫妻俩进去。我们就看见他身背双肩包，手推拉杆箱走进了候机厅。我们俩开车回家，一路无语，心里空荡荡的。到家后丈夫无声无息地忙自己的事，我心里难受，又不愿意在丈夫面前哭泣，便开车出门。车启动的声音里夹杂着我的哭声，我一度泪眼模糊得看不见前面道路情况，只好停靠在路边，平息自己的心情。我想那是一个母亲对年轻的儿子未知前程的操心，是对儿子能否很快融入异域文化的担心，是抓不着摸不到的失落，是对儿子的不舍和牵挂。我的心从儿子进入候机厅准备出境那时突然就悬空了。

儿子在上海中转，搭乘美联航飞机经过十三多个小时的飞行，终于到了目的地美国亚特兰大。在送走儿子的第二天傍晚，家里的平板电脑终于有了视频通话的提示，打开一看，儿子正在异国他乡吃着早餐，并告知已经办好了入住手续。我悬着的心放下一小半，又开始问这问那：饭能吃惯不？全英语教学适应不？周围有没有中国同学？外国同学好沟通不？想家吗？但害怕儿子不耐烦，也不敢再多问，最后只说了一句话：注意安全，好好学习，有空打电话。后来一段时间，我每天关注美国新闻，把儿子所在城市的天气预报设置关注，每日必看。然后就是拼命地工作，一有空闲就看书学习，我企图通过这种方式来缓解自己的不安情绪。

感谢科技的进步，通过视频通话我们看到了儿子留学的学校风貌，甚至看到了他舍友做的美食、他上课悄悄拍的照片，但这也抵挡不住我们思念儿子的心情。在他刚出国的半年时间里，我去参加一些同学朋友的聚会，人家只要问起儿子，我就会不由自主地红了眼眶，不得不偷偷跑到外面抹眼泪。有一次几个好姐妹来家里串门，正好儿子打来了视频电话，说话间我的眼泪就不争气地掉了下来，惹得大家取笑了我好久。

半年多过去了，儿子放春假回来探亲。打眼一看，言谈举止成熟了一些，身体也壮实了一些，我悬着的心又往下放了一些。儿子留学过程中，我们夫妻俩通过申请、面签，去了一趟儿子留学的城市，也住了半个月。但即使如此，回国后也还是对在国外的儿子牵肠挂肚。直到儿子学成归来，在国内工作，我们才如释重负。终于能经常见着儿子了，常提着的心就放下了。

再不能这样干了

前几天开车带小孙子在小区里兜风，他非要坐副驾驶位置。虽然知道一定年龄段的小孩子不能坐副驾驶座位的有关规定，但经不住他软磨硬泡，只好依了他，但没敢把车开到小区外面的公路去，只在小区转了个圈，然后回到地下车库，准备停车。这时他爸妈也回来了，我想让他们先把孩子带回家，我再好慢慢泊车。于是我便停下车，脚踩刹车，让儿子将小孙子从副驾驶位置抱出去。这时，一向"两耳不闻家中事，一心只知看手机"的儿子突然问我：你车挂停车挡了吗？看我不吭气，他立马大声说：以后再不能这样干了。我突然意识到我自己的粗心和鲁莽，是啊，万一脚不小心松了刹车，车往前溜呢！报纸上不是报道过几起这样的事件吗？让年龄过小的娃坐副驾脚踩刹车双手抱娃递娃肯定是不对的，存在着安全隐患。我听着儿子的话，点点头表示认同，脑海里随之想起很多年前丈夫也说过这样一句话。而今年西安暴雪时，我也这样说过一个朋友，口气里充满责备和担忧。

那又是什么情景呢？20世纪90年代初，我们一家三口住在单位的母子楼里，实际上就是一间三十平方米的一室一厅，像电影里的筒子楼一样，一面是房子，一面是玻璃封闭了的透光的长长走廊，一排门户，一个门户进去就是一个小家庭。进门有一个小的过道，有卫生间和厨房，中间是十六平方米左右的卧室兼客厅，有一个四五平方米的阳台，麻雀虽小，五脏俱全。一层有二十几套房子，总共有六层。每一层的阳台原本应该是相通的，在分房时两户之间用混凝土从上到下隔开了，靠外面的墙用水泥板从上到下隔了个高一米、宽六十厘米的平台，两家的隔断一直隔到房顶，人要伸出头才能看到隔壁的阳台和楼下的马路。这解决了许多年轻人的燃眉之急。我们一家三口就住在六楼的一间房里。

一天早上，家里来了客人，我正在家里和客人寒暄。突然听到隔壁的阿姨在楼道大声嚷嚷，说出来倒垃圾，风把门关上了，两岁多的孙女还在房子里，房里有个电炉子还在开着呢。那时候，许多人家用暴露在外的钢丝电炉子取暖和做饭，小孩不小心碰到就会烫伤或触电。那时也没有手机，阿姨联系不上儿子儿媳，开不了房门，在楼道急得团团转。我回到我家，看了看阳台，一米左右高低，两家之间的隔断从地面到房顶都用水泥挡板隔着。我用手扳了扳水泥挡板，感觉很牢固，就产生了翻阳台过去救小孩的想法。我一个人搬了个凳子，站在我家阳台上，用手再次试了试两家阳台之间水泥挡板的强度，觉得没问题。看着楼下的人，比平时小了许多，有几人正抬头往上看着，我只是觉得有些高，就不再往下看了，专心地用手抓紧挡板，侧身、抬脚、起跳，就跳进了隔壁家里。从阳台进去后，我哄了哄哭着的孩子，接着从里面打开了房门。外面的人惊讶地问我从哪儿进去的，我淡定且骄傲地说是阳台，然后就去上班了。等晚上我爱人回家，不知是谁把这事告诉了他，只听他气急败坏地对我说：以后再不能这样干了！经他这样一说，我也后怕起来，是啊，六层楼高，又没有任何防护措施，万一水泥隔板不结实，万一手松了，万一头晕眼花腿发软了呢……无数个万一一下子涌进了我的头脑。

　　我当时为什么那么大胆，现在不得而知，只是爱人的责备真真切切，记忆犹新。以后我再没有了这么冒险的行为，暂且不说年轻时流行的跳伞、蹦极、攀岩以及其他的挑战项目，都与我无缘，随着年龄的增长，胆子变得越来越小。前几天路过我年轻时曾经徒手翻越阳台的楼房，我抬头看看，后背突然有些凉飕飕的。以后谁都不能再这样干了，不能有任何的侥幸心理，我在心里暗暗想着。

　　2018年元月初，西安连降大雪，大雪考验着西安城的应急能力。当时要求各人自扫门前雪，政府、国企、大专院校的人员带头上街扫雪外，新闻里还报道了西安的最高领导在京开会，也挂念着西安的大雪，连续发回了雪停路清的几道命令，这些都是新闻上的大事。甚至网上戏言：在这个天儿见面的都是生死之交。在冰雪上开车，西安人恐怕远远没有新疆人东北人老练，但真有急事，不开车恐怕也不行。我家就恰巧碰上了。天寒地冻的这几天，老公的大哥在老家过世了。有个朋友在网上给自己的车买好防滑链，自己鼓捣着装上，拉着一车人来到老家吊唁。平时开车四十分钟的路程，这天开了近两个小时。看到他们全副武装地来到老家，我心里既激动又担心，和开车的姐妹说，以后再不能这么干了。话语里也是担心、责备，不希望他们出一丝一毫的差错。

　　"再不能这样干了"，像是一句命令，又像是一句批评，但这句命令和批评里却包含着无限的爱。我们生活中可能会听到这样的话，但都是爱的责备、爱的命令。这句话一直提醒着我什么当行、什么当止，提醒着我做事的尺度和分寸，提醒着我爱着我爱的人，也承受着别人的爱。爱与被爱都是相互的，这是颠扑不破的道理。

善待生命

最近总能听到熟悉的人突然与世长辞的消息，我的心莫名沉重，这些消息在我心里翻滚搅和，推搡挤压，使我不得不思考生命的本质，思考生命的顽强与脆弱。

一个人可以主宰自己的命运，却不能轻视自己的生命，因为它是由父母给的。我们的血管中流动的是父母的血脉，这就注定我们的生命包含着父母的希冀。我们的子女延续着我们的生命，因此，我们才像我们的父辈一样，将热切的目光投向他们，注视着他们成长，希望他们成为有用的人才。

缘于此，我们才坚强地活着，不管生命的旅程如何艰难，不管天上乌云阵阵，地上荆棘丛丛，仍有许多人在万劫不复的灾难中凭着强烈的求生欲而生存下来；仍有许多身患绝症的人微笑着面对生活，用自己的信心战胜病魔，吓退死神，谱写着生命新的乐章。

有时候，人的生命很脆弱，犹如一片树叶，刚刚还是鲜绿富有生气的，一阵狂风后便悄然飘落，让人不由得悲叹生命的无常。如果说这种无常是由天灾和病魔这些人力不可及的因素造成的，那我们只能面对现实。可有时候这种无常源于我们自己意志的脆弱，源于我们失去了信心，这怎能不让人痛心伤怀？

从中国台湾女作家三毛到我们周围的人，我们总会看到有人因为这样那样的原因，失去了活下去的信心，留给活着的人无限的痛苦和哀思，使活着的人不得不一次又一次地审视着自己的生命，审视着生命的意义。诚然，现代社会生活紧张、工作压力大、竞争激烈、人际关系复杂，但现代文明也将我们带到了前所未有的物质繁荣和精神文化多元的时代，在这样高速发展的时代，我们没理由止步不前。我们只有顽强地生活，不断磨炼自己，顺境时回首反思，逆境中满怀信心，愿意等待机会，才能使自己不断地坚强起来。

人生不如意十有八九，我们须以平常心待之。我们只有认识到人生的艰难，才能更加珍惜生命的价值，才能更加善待生命，热爱生命，才能顺利地度过生活中的沟沟坎坎。

愿逝去的人，如落叶般静美。

愿活着的人，如夏花般灿烂。

读书

　　人常言读书是一种享受。这话初看起来无可非议，但仔细琢磨，却也不见得全对。

　　读书是一种享受，这一点刚接受启蒙教育的稚童们是无从得知的。对他们而言，读书远没有玩耍自由自在。因此才有了贪玩而不读书的孩子，急煞了那些望子成龙的家长们。他们有的用棍棒，有的用皮带"督促"，酿成了一出出关于读书的悲剧。

　　那些在市场经济中一夜富起来的暴发户大多不会认为读书是一种享受，赚钱斗富才是他们的乐趣所在，这就是有些富翁钱越多而书愈少的原因。他们虽然也知道"书中自有黄金屋，书中自有颜如玉"，但那书中所言终归没有现实中的钞票实在。

　　读书是一种享受，只是对那些发自内心热爱读书的人而言的，这些人有时被称为"书虫"。他们不管外面的世界多精彩，不管金钱今天流进了谁的口袋，明天又从谁的口袋流出，只要有饭吃有书读，他们就知足了。读人生哲学，看风花雪月，知风土人情。他们虽然不能和伟大的革命先驱孙中山先生"我一天不读书便不能生活"的境界相提并论，但读书确实成了他们生活中的一部分。

读书是一种享受。好的书会给人一种精神上的洗礼，给人一种人生启示。读书可以使人的生活充实，忙时匆匆看几眼，闲时泡一杯清茶，铺几张稿纸，仔细地边读边做笔记，坐着读累了，躺着读，读到共鸣处，随手涂几句，随口吟几声，自得其乐。这比起那些在商场上鏖战得焦头烂额的人、官场上沉浮挣扎不知所措的人、人情网中因亲疏远近举棋不定的人，不能不说是一种地地道道的人生享受。

读书是一种享受。让我们好好读书，读好书吧！

"同"姓的不同联想

姓"同"的人，经常会被一些人当成了"周"姓，或者经常被人写成了"童""佟""仝"，在误读误写方面，这个小众的姓氏绝对比排在百家姓前面的张王李赵显得尴尬。碰巧，我姓"同"，上述被错叫错写的经历都有过，偶尔碰上了一些认真的有文化的人，还会当面发问：您是少数民族吗？您是司马迁的后代吗？

我户口本上明确地写着我是汉族人，不是少数民族；我家没有家谱，无法证明我是或者不是司马迁的后裔，虽然我出生在名动古今的陕西澄城。澄城刘家洼刚刚出土了芮国权杖，澄城与历史文化名城韩城只有七十千米的距离。

往远说，公元前11世纪，周武王把卿士芮伯良封在了芮国，就是目前的澄城所在地。秦朝时，白起屯兵扎寨对付匈奴的地方就在澄城县境内的白起村。有一年陕西历史名城韩城，举办了一场声势浩大的文化活动"风追司马"，其中官方宣传里说：西汉史学家司马迁书写《史记》，获罪于汉武帝，得灭门之罪，为了避免株连九族，慌乱中两个儿子出逃，把姓"司马"一拆为二，一个在原来的"司"字上加上一竖，改为姓"同"，一个在原来的"马"字上加上两点，改为姓"冯"。因此，韩城当地的同冯两姓几百年来共进一个祠堂而不通婚。这是关于司马迁后代逃难时将姓氏更改的文字解释。澄城籍的不知什么人整理了一个"同"姓的最新解释，发在澄城吧里，说道：目前国内的同氏出自三处，其中一处出自子姓，商代王旒子孙封于同国，即历史上的同州郡，辖境为现陕西大荔一带，子孙以同为姓；其中另一出处是周代史官典同的后代，对典同后代的迁徙分布没有明确说明；其三是出自司马氏，今天的山西运城、陕西的韩城、富平薛镇、留古镇、华阴高唐镇同家村、澄城县罗家洼许庄、三原新兴镇柏社村一带略有分布。

从"风追司马"和《百家姓新解》可以看出，无论同姓源于哪一支，我们所在的陕西澄城县姓同的大概率都来自司马迁的后代。可惜，我上溯我家五代，都是农民出身，家里也没有什么家谱可查。

但是这个少见的姓氏却给我的生活带来了不少麻烦或快乐。最早的麻烦是刚上初高中时，有老师开学后点名，往往把我叫为周某某。我不好意思，不知是应该应声站起来还是继续坐着纠正老师，就坐在座位上等老师环顾一周后再次点名。老师往往会再次确认"啊，是姓同啊"，然后再念一下我的名字，我就不好意思地站起来，低着头。因我姓这个姓引来了很多异样的目光。

上小学时，当时的大队学校许庄小学，学生由三个自然村的孩子组成，大家几乎都姓同，就没有了这些麻烦，相反的有些个别外来户不姓同的孩子才好像是另类了。

走上社会后，有些文件、材料什么的，经常不知是无意还是粗心，好好的名字，摆到我面前时就变了形。记忆中最典型的一次，姓同变形为姓周，是2001年我的高级职称任职文件，当时高级经济师职称全国统考，我就职的公司当时有员工五千人左右，全公司当年通过了高级经济师全国考试的就三人，可是公司聘用三个人的文件上，我的姓就被误写成了"周"。我气呼呼地把电话打给了人事部门，人事部门接电话回应还算客气，说打错了，给你重打一份。

因为姓同，我对带"同"字的地方或者东西物品爱屋及乌，情有独钟。去山西大同，一下飞机，看见飞机场航站楼上面高竖的"大同"二字，就感觉非常亲切，跟回到了娘家一样。看见高速路旁旗杆上的"大同欢迎您"字样，就满脑子"大同世界，美美与共"的情愫。

夏天买西瓜，看到大荔西瓜摊和同州西瓜摊，我肯定是买同州西瓜摊上的西瓜的。其实呢，大荔是更名后的同州，同州就是以前的大荔，是一个地方，就是名称不同而已，只是我看到同州两个字心里亲切些。

最有意思的是，有一次我与老母亲闲谈，老母亲不知何故，又想起了我的生父生母的生前什么事，还愤愤不平地又说起了我的身世，说我生父生母把我都送给她了，如果离得远的话，两家就不会来往了，我就不姓现在的"同"了。就是因为离得近，两个村都姓同，我才一直姓同。我看着生气的老母亲，觉得很有意思，就接着逗她说：他们都过世很多年了，您咋还记得以前这些不愉快的事？什么改姓不改姓的，我们不是都姓"同"嘛！

我生父生母家离我养父养母家很近，两家都姓同。我知道我养父养母因为我小时候生父生母看望我的次数有些多，两家曾经闹过别扭。但这都是我很小时候的事，距今已经三十余年了。我也知道我母亲还记着，而且从来没有忘记。我老母亲接着说，一个大队的几千号人都姓"同"，但你姓的这个"同"不同于他们的"同"，代表的家族不同。我故意说五百年前可是一个祖宗呢。老母亲没有什么文化，说不出什么大道理来，只是一个劲儿强调：不一样就是不一样，你是这一户的姓，不是那一户的姓。顶门立户的事还能错？我看老母亲认真了起来，就赶紧说：不一样，就是不一样，各是各的事。这时，老母亲的表情才松弛了下来。

　　老家我现在很少回去。乡愁都在梦中。不过，我觉得姓"同"真好，无关乎改姓不改姓，也无关乎祖先是谁，单单看着同向同行、同心同德这些团结的积极的充满正能量的词语，心里都是满满的欢喜。

领导的母亲

我住的小区是我们公司委托房地产公司定向为我们开发的花园小区。说是花园，无非树和草多一些，当然，房子密度小。小区里配套了不少的座椅、躺椅、健身器材等。但在提倡垃圾分类的今天，这个小区还没有做到把分类的垃圾桶配齐摆放，使用的还是一种老式的绿色综合式垃圾桶。有不少闲着的老人，闲不下来，就成天在这个单元门前放置的大垃圾桶中挑挑拣拣，挑些可回收的瓶子、箱子等废品。

在这个小区住着的好处是，大多数住户都是公司的员工，互相认识。当然也有公司附近的政府人员、被拆迁的小部分村民们。大家都知道左邻右舍住些什么人，心里就有一定的安全感。但不好的地方是，人几乎都没有什么隐私，几乎用不着什么高清的摄像头，东家什么人、西家什么事，小区的人都知道。

我在这个小区整整住了十五年。对面楼里住着的都是老领导、老同事，大家几乎天天见面，见面都会打个招呼，问个好。这些见面的问候语中无非是"你最近好着吗？""最近好久没有见到你了，是出差了，还是住别处了？""你最近胖点了。"等等。除过"你最近好着吗？"这句话的含义在最近这些年有些暧昧，包含着问候，包含着打探，包含着不确定性，此外，都是些家常话。

我父母和我一同住在这个小区十余年了，他们也认识了不少小区里的老人；小区也有不少的老人，把我和我父母对上了号。这些老人见到我后，会问我父母最近的情况，比如，"最近见得少了，是不是回老家了？""你父亲最近走路不利落了。""你母亲精神不错。"等等。慢慢地，我也认识了不少和我父母聊天的老人。谁的老家在哪儿，谁是跟随儿子生活的，谁是跟随姑娘住的，谁的孩子在哪儿工作，等等，几乎都心中有数。

这其中有两位阿姨和我父母比较熟悉，一个是我领导的母亲王阿姨，一个是当地村书记的老伴刘阿姨，她们两个老姐妹住在和我家、我父母家相邻的两栋楼里。王阿姨住在儿子家，在距离我家一百米的另外一栋楼里，距离我父母的住处也就三百米左右。刘阿姨在我父母住处对面的二楼住着，她家的阳台就对着我父母的厨房，如果她在她家的二楼阳台上晒太阳的话，我父母在一楼厨房时的一举一动都逃不过她的眼睛。她们俩年龄和我母亲相差不到一岁，老家都在陕西的关中道上，她们见面说一些地方方言时也可以听得懂，因此，三人经常会碰到一起，就会比别人多聊几句。如果时间长了在小区互相见不着了，就会多打听几句。

　　我认识王阿姨时，她有七十来岁，是老伴去世后才从老家来到西安的，和儿子一家一起住。那时候经常碰到她和儿子儿媳一起散步，我就主动上前打个招呼，时间长了，老人慢慢就认识了我。后来我的父母也随我进城生活，住在了我们小区。我经常下班后没事就陪同父母遛弯或者买菜什么的，经常看到王阿姨，我们就停下来随意地聊几句，时间一长，王阿姨就和我父母熟识了。他们只聊以前农村的事和关于健康的话题，不聊别的。那几年，王阿姨的儿子，也就是我的领导，还在我们公司和我一起共事。那段时间我们就会经常碰面，客气地问个好，说些大家都认同的场面话。

　　一晃，三五年就过去了。有一天，我的这个领导高升调走了，在小区再看见王阿姨时，我就恭喜她有个优秀的儿子，说是她的骄傲。王阿姨听了这话，很高兴，听见我的夸奖，脸笑得和花一样，皱纹也似乎比平时舒展了不少，言辞中透露着掩饰不住的高兴和自豪，也有一些矜持的成分夹杂着。后来经常在小区看见她，她有时候是一个人独自行走，有时候是和保姆在一起散步，很少能看见她儿子像以前一样陪在她身边，在小区一起散步，或在小区王阿姨在躺椅上坐着儿子站着聊天的情景。

　　再过了几年，这个领导又高升到了比较远的地方工作，在院子见到的次数就越来越少了。有时候在院子碰到王阿姨，寒暄一会儿，只听她问我工作忙不忙，或者父母身体还好吗，诸如此类的话，很少听她再主动提起她的儿子。她的儿子，在远一些的地方照样日夜忙碌地工作着。

　　前段时间，听闻王阿姨儿子又升职了，在小区再看见王阿姨和保姆两人散步时，就走上前和她聊了两句，说了几句溢美之词。谁知，王阿姨脸上没有喜悦，反而有淡淡的愁容，嘴上说道：升了职又有什么用呢？越升越远，越升越忙，平时根本看不到，又辛苦得很。看她老人家的表情，不像是说客套话的样子，倒是真的希望儿子就在身边，过以前平常的亲近的普通的日子。我想，她是想儿子了，又担心儿子的工作，又心疼儿子的辛劳，就连忙又安慰了她几句。谁知她却转移了话题，说让我有空多陪陪我父母亲，也和我母亲说，趁现在腿脚还比较利落、身体还不错就好好享福吧，再不要那么精打细算了，更不要捡拾垃圾桶里的纸盒和塑料瓶子了。

　　她说她碰到我母亲捡拾纸盒和饮料瓶时也给我母亲说过几次。可是我母亲听了后，消停了一段时间，然后又说自己闲着没有事干，过了几个月就又翻拾垃圾桶里的垃圾了。说完，她又忍不住地埋怨刘阿姨，说她和我母亲关系最好，不劝我母亲别捡垃圾，而且还让她家保姆帮我母亲拿她捡拾好的纸盒和塑料瓶子，有时还主动把她家的纸盒放在我父母住的一楼房子的窗台下面，简直有些胡闹，让别人说闲话。我听后只夸王阿姨有见识，替儿女着想。让她见到我母亲后再劝劝她，就说国家发的工资够高的啦，够他们辛苦了一辈子的老人用的啦。王阿姨听后舒心地笑了，说她再见到我母亲，会说她的。

　　我的母亲没有文化，不认识字，一个人看电视如果没有人讲解的话，是根本看不懂剧情的，除了秦腔的曲调。很早的时候她在老家生活，有一年来我家小住，看见电视里放《新白娘子传奇》，就认识了白娘子，住了几天又回老家去了。过了两年再来我家时，适逢电视台播放一部韩国的《大长今》电视连续剧。老太太看了说，这个白娘子又穿上这个衣服了，真好看。听后让人哭笑不得。

　　现在大多数人都很忙，好不容易下班了，谁又能边看电视剧边给父母亲讲呢？我想肯定有，但少之又少。我母亲有些固执，就要自己女儿陪伴，其他人陪她，她好像不太稀罕似的。偏偏我在她七八十岁这个年龄段，是最难挪腾出大片属于自己的时间的，追剧的事变成了年轻时的美好记忆，去陪父母时也是蜻蜓点水，混吃混喝一下就走了。哪有边看电视边讲解的闲情？所以我母亲闲不住就捡拾垃圾去了，这好像也是排遣寂寞的一种方式吧。

我很惭愧，但三番五次地劝说，却说服不了她老人家。说得当时停下来啦，可是，过两天又出去捡拾去了。我想着孝顺不光是要有孝心，而且还应该让老人顺心，管不了也就不再管她了。

我想：我亏欠我父母的，在我空闲的时间可以弥补一些，因为我们就住在一个院子里，上班也不远。可是，一些在外地做事的人，有时候忠孝难以两全时，如何处理？亲情、工作，哪头都是沉甸甸的。

作为领导的母亲，有时候，也有不为人知的心酸和无奈。无非是这心酸和无奈被孩子事业成功的光环罩住了罢了。

断舍离

　　大学上学时的课本，甚至有些自己喜欢的科目的笔记本，如今都整整齐齐地摆放在我家的书柜里，虽然在不断的归置中换着位置和地方，但没有丢失一本。总想着可能有的知识点有时候会用到，当然也夹杂着一些对大学生活、青春岁月的不舍和留恋在里面。大学毕业三十多年过去了，这些书本和新添的书随我从九十年代初刚毕业参加工作的三线企业的单身宿舍，辗转到了我们公司军转民二次创业的西安城东的福利房简易书柜里，十余年后，这些书本又随我北上，来到了我四十岁终于实现的、书房有一面墙的书柜的理想里。在我新购的书柜和不断增加的新书里，这些书本占据了有利位置，虎踞龙盘了又一个十余年，坚持到现在。

　　工作前都是一件衣服四季穿，春季当作风衣穿，夏季当作衬衫穿，秋季时里面加上秋衣穿，冬季当外衣，里面再加个毛衣或薄棉袄穿。一年四季如此，乏善可陈。当然，那

个物资匮乏的年代，这是绝大多数出身农村的大学生们的
真实写照，谁也不会笑话谁的。记得我1988年结婚时，在西
安钟楼盘道西北角的一个商场为买一件呢子大衣和爱人争执
了多半天。我当时看上了一件红色的呢子大衣，可爱人非要
买同款式的一件黑色大衣，他的意思是不光结婚时可以穿而
且平常也能穿，可以穿很多年。结果拗不过他，当时真的买
了一件黑色的呢子大衣。但是，我坚持又买了一双红色的鞋
子，这时心里才平衡了一些。这身大衣以及鞋子我穿了很多
年，一直到我有了孩子、工资收入增加很多、家里生活水平
提升以后。这件黑色的大衣至今还在我东郊的房子里挂着，
式样是过了时，但颜色依旧。在物质生活极大丰富的今天，
因为工作需要买了许多大牌名牌的服装，买来后穿过一两次
就挂在衣柜里蒙尘。何况三十多年前的一件大衣呢？重新穿
的机会几乎等于零。可是，这些衣服把我的衣柜挤得满满当
当的。我把这件黑色的大衣几次拿出来看了看，想放到楼下
的旧衣回收箱里，可心里又不舍，最后也没有扔掉。我购置
了不少的收纳箱，五一时，把夏季要穿的衣服都拿出来挂在
衣柜里，把毛衣外衣大衣等洗好收到收纳箱里，收纳箱整整
齐齐地摆起来；十一国庆节时，再把夏季的轻薄衣服都收拾
好，有的怕皱的就挂着，有的纯棉的麻的就叠好放在收纳
箱，又将秋冬要穿的衣服拿出来挂好、摆好。如此年复一年

地反复折腾。

衣柜里收纳的衣服，总有一半一年四季都不会穿上一次。其实，绝大部分人爱穿的衣服就那么几件几类款式，当然，文艺工作者及服装模特除外。可是，这些经常不穿的衣服却占据了很大的空间，在整理收纳时消耗了自己的时间和精力。

前几年，看了日本作家山下英子的《断舍离》一书，感同身受，觉得作者说出了自己想说的但又没有说出来的话，做了自己长期想做的但又没有做到的事情，很有现实意义。我也就将一些长期不用的书籍、衣物能送人的打包送人，不能送人的就地处理，心里当时有些不舍，但过后又觉得轻松了许多。

其实呢，感情、工作等人生中的许多事情，何尝不是一个道理？年轻时喜欢一个人，喜欢一件东西，得不到时久久不能释怀，放不下，心里乱。其实过去的人过去的感情过去的事，时过境迁，即使有朝一日重新来到面前，也不是原来的模样了。为何不也像书籍衣服杂物一样，来一次断舍离呢？可是这个道理却是要到一定年龄才能明白的。

上班以后，经常从一个部门调到另一个部门，从一个系统调到另一个系统，从一个地区调到另一个地区，这期间有多少的山水人情、有多少的人和事割舍不下？可是割舍不下又能怎样？年轻时心里留恋，放不下便采取逃避的方式，眼不见心不烦；不再打听曾经相恋过的人，同学聚会无意中碰到也不提及往事；经过以前的单位时不去想不去看，不轻易去触碰这些单位的人和事。再年长一些，心里便生出了一些随遇而安的情愫，看多了生活中的生死离别，看淡了职场的名利相争，看开了许多原本在意但随着年龄的增长不再在意的事情。等过了知天命之年，如果有工作调动或者业务调整的消息传来，便淡然地整理材料、交接人事，尽量让自己处于平静无争、收放自如的状态。

　　工作上量力而行；消费上量力而出，不一味地提前透支；感情上明明知道不可能的事情，就不要再强求了。古人有云：命中有时终须有，命中无时莫强求。也体现了同样的人生观。不失落、不遗憾，适可而止，随方就圆，过好自己能支配的、自己感到丰富而有意义的每一天，应该是断舍离的真谛吧。

　　断舍离是一种生活态度，也是一门生存哲学。

　　从现在起，断舍离。

悦读

不管是阳光明媚的晴好天气，还是阴雨连绵的雨季，对我来说，最有情趣的或者最能静心的事情，就是阅读。书中的文字，一行一字，就像柴米油盐的生活味道一样令人舒心、踏实。

春夏阳光好的时候，大地草木繁茂，鲜花似锦，一派生机勃勃的景象。外面花园里正在凋谢的茉莉花和盛开的玫瑰花、槐花芳香四溢，家里的书房书柜也沁入了花香，在阳光的照耀下透着无限美好。鲜艳的、质朴的或者薄的、厚的、新的、旧的各式各样的书在一束束阳光的照射下似乎都争先恐后地诉说故事。看着书架上一排排五颜六色的书籍，我心里十分满足。这些书都是我一本一本地在书店淘来的：有的是流行的风把它吹到了我的书柜；有的是作者的魅力打动了我，我就想看看他（她）写的书，以便进一步了解作者；有的是影视作品影响了我，促使我看书了解影视作品中未涉及的更多细节和相关的知识或时代背景。自家书柜的书好像新老朋友一样，在阳光洒满书房的美好日子里，一起向我走来。我伸手随意地抽取一本，就好像和新老朋友握了个手。随后就静静地融入阳光和芬芳之中，心情豁亮而静怡，并无杂念，除去了日常工作中的烦恼，还有日常生活的琐碎；阳光中，只剩下了自己和自己心仪的书。这时，脑海中一派车如流水马如龙、花月正春风的气象，完全抛下了现实生活中的所有事情，全神贯注地转入书中，自己好像就成了美好生活或者岁月静好的化身。

阴雨绵绵时，外面雨水滴滴答答，空气中氤氲着一种静谧的气息。自己一个人待在房间里，听着屋外雨水淅淅沥沥，还有不知名的鸟在林子里扑簌簌地抖动着翅膀的声音，这种时刻，人就极易进入一种极具诱惑的慵倦松弛之中，看休闲小说和唐诗宋词的念头就涌上了心头。自己在书柜中不经意地拿出一本，随便翻看一篇一段，不管是自由豪放、怡然自得的诗句把自己拉向了远方，还是忧郁清冷、逼仄无奈的感叹引发了自己的愁绪，都是无妨和无伤大雅的。这时候我就自己一个人，感受都是来自心灵或者肉体的敏锐的感知，都是独一无二的。尤其是每当看到印有自己名字的散文或者诗歌的书刊，就会觉得这是世界上令我最愉快的书本，比世界上任何一样东西都好，而且爱不释手，一再地翻看。

如果这些书的封面和装帧更精致的话，就更是欲罢不能了。这些迷人的文字，都是哪些优秀的人所写的呢？追问引领着追寻的脚步，书柜里的书就会越来越多了。

乘坐飞机或者高铁，总喜欢带本书看。有时实在是走得匆忙，没有带上正在看的书或者想看的书，就在机场或者高铁的书屋随手买一本。这里出售的书，大多比较时尚，财经类、文学类、幼儿类、军事类、建筑类，应有尽有，有的书屋竟然还有精美的古装书，但大多是一些流行的时尚杂志。而我钟情的则是适合携带的不是太厚重的精巧的畅销书，实在没有合适的书买，就买本流行的杂志，为的是在飞机高铁上看。碰到实在忘了带而又没有买上的话，就看飞机上的航空杂志、报纸，以及高铁配发的装在前面座椅后袋里的报纸和版式相对简单的高铁专配刊物，一个或长或短的行程就在阅读中度过了。偶尔碰到飞机颠簸，看到许多人睡觉或者假眠，我却选择看书，假眠使我的脑子更加活跃，想的事情更加复杂更加奇怪更加担忧，看书却能使我沉浸其中，思维跟着书中人物的故事走，便忘却了担心和恐惧。

记得有一年电视台上演了电视连续剧《大秦帝国之裂变》，看完后不过瘾，觉得电视里好多地方贯通不起来，没有讲清楚。这就激发了我对秦始皇统一中国又很快灭亡的缘由的探究欲望，我就立刻跑到书店买了一套孙皓辉写的《大秦帝国》系列的书，厚厚的十一本，摞在一起有一尺多高。我每天上班时带着正在看的那一本，等午休或者有空时看一下；周末去看孙子时也带着，等孙子睡觉了再看一会儿；出差乘飞机坐高铁更不用说也带着。十一本书几百万字，再加上文字印制的密密麻麻的，看起来实在是费事，但是书中对秦朝的每个历史事件的跌宕起伏的描写，以及对苏秦、商鞅、嬴政、白起、扶苏等人物的性格刻画实在让人难以割舍。不到三个月，在周内繁忙地工作、周末紧张地看护孙子之余，我硬是啃完了这十一本大部头的书。这套书看完后我歇息了将近半个月，没有再翻看任何书籍，眼睛和脑子都需要休息和保养。等再慕名看《明朝那些事儿》时，就如同看言情小说一样，实在轻松愉快，这可能与作者的写作手法以及印刷的字体样式有关吧。

文字是一种万能的药，可以治病。如果失眠，看看外国的那些名字又长、地方又陌生的书，可以让你尽快入睡；如果失恋，那些忧伤的、缠绵的、励志的文字就会让你逃离了现实，自己会变得强大起来，忘却了痛苦。史书使人明志，传记启人智慧，小说使人洞悉世事，散文诗歌清新脱俗。书给予人们的不仅仅是文字排列组合的奇妙享受，还有思想上的共鸣，引发了人们的思考。

我喜欢看书，而且喜欢在看书时画杠杠、做批注。这可

能是上学时老师带着在课本上画重点形成的习惯。对自己感
同身受的或者有启迪的词语句子段落，我就在字或者行的下
面画线，准备标记好下次再看，有时顺手也就做上了批注。
对于不是自己的书或者报纸杂志，就只能摘抄或者剪切下来
粘贴在摘抄本子上了。因此，我办公室的抽屉里放有大大小
小的抄录的或者剪贴的本子十余个。我上班后搬了四五次办
公室，丢失了许多东西，唯一没有弄丢的就是这些大大小小
的抄录本，这是我几十年阅读的结晶或者精华，也是能慰藉
我心灵的精神食粮。

　　在我工作生涯中，相当长的时间是任职企业的工会主
席职务，许多年前工会建了一个带喝茶喝咖啡的不大不小的
职工书屋，刚建成时为书屋征询名字。在大家起的许多名字
中，我觉得有的叫得太正统，比如职工书屋，就无法充分
表达我们在小区寸土寸金的地方建书屋的感情和希冀；有的
建议叫成咖啡厅或茶秀，我觉得更不能体现提倡大家阅读的
愿望。为了充分体现阅读会带给大家更多的喜悦和收益的这
一有益实践，并且提倡大家愉快地去阅读，我最后确定将书
屋的名字定为"悦读书吧"。一层意思是劝学，是说让大家
尽情地看书吧；一层意思是书屋的名称，指阅读的书屋。在
这过程中，把自己喜欢看书的情怀融入这项公益活动中。书
屋的门头也是我亲自审定的，门头的样式是一本厚厚的翻开

的书页，在绿色华表柱的支撑下生机盎然地在门口迎接着大家。这个"悦读书吧"后来经常被人们简化成了"书吧"，很少有人给我讲：愉快地读书吧！这多少让我有点失落。但是，让我欣慰的是它被评为了全国优秀书屋，而且，大人小孩没事的时候去得还是比较多的。

从年幼时一本两本地到同学家借书看或站在街头连环画摊看连环画，到现在在设计新潮琳琅满目种类多样的各种网红书店打卡，抑或是在自己一面墙的书柜前流连，变的是阅读的环境和阅读的内容，不变的是自己内心对阅读的热爱和向往，还有阅读带给自己的愉悦感受。

房子

我和大多数出身农村的人一样，童年少年时代都是在农村度过的。我们农村的老家有大大的院落，有大大的却很简陋的窑洞，虽然不是多么便利，但从来没有担忧过会没有地方住。在老家的窑洞里随便哪安个床拉个帘子不就可以住了吗？或者一家人干脆都挤到三四平方米的炕上，平展展的，除过偶尔的不方便其他还都好吧。再不济，像大学集体宿舍一样一人一张床还是可以的吧？或者像我的高中老师的宿舍一样，一间房前面是一张办公桌，后面是一张单人床。这是我1987年大学刚毕业时关于住房的一些粗略想法。那时我对单元房还没有太多的了解，只是大学期间偶尔一次去过城里的同学家，也没有敢认真地看仔细地问。谁知道，在毕业后十余年里我为了有一套能容纳我们一家三口的房子而看尽了各色人等的脸色，直到我作为工厂的骨干人才，在1996年交了在当年算作天价的购房款后，才拥有了属于自己的六十多平方米的两居室房子，关于房子的不愉快经历才算告一段落。

大学毕业进入一个三线工厂后，给我的第一个关于房子的记忆是我们工厂的单身楼和招待所。这个位于山沟的三线工厂以前招的大学生比较少，少量的大学生进厂后都是在离沟口七八里路的沟里的单身楼住，两人一间房子。这种1968年建厂时依塬而建的单身楼共有两栋，一栋男职工楼和一栋女职工楼，另外还建了一栋一居室的母子楼。到了1987年我们大学毕业时，工厂一口气招了三十多个应届大学生，可是当时却没有相应地腾出这么多的床位，需要一个一个地往以前分配的两个人的宿舍里安插。我被安插进已经有两个人住的宿舍时，就遇到了麻烦：这个宿舍里已住了几年的两个人，不愿意给我腾出放单人床的地方，我的单人床就安放不进去，我就无处睡觉。我们处长就协调我住进了设在一进山沟的沟口的工厂招待所。

我大学毕业去的这个工厂是个三线厂，1968年建在了秦岭的位于太白山西边的一个沟道里，这个沟道名字叫麦李西沟。一条沟道两面山塬相夹，中间是一条河，河两岸是高低不平的土地，河边是一条马路。招待所建在一进沟稍微宽畅的一个平台上，是四层高的楼房，但并不是现在的标准间，而是一层楼设计了集中的供应热水凉水的水房，水房两边分别建有男女卫生间，主要是为了接待来厂里办事的外地人员。办公楼建在进沟后往里走两公里左右的一块平地上，车间在更往里走的马路两边择地而建，单身楼和职工食堂都建在沟道的最里面，距离沟口七八公里。

这年7月大学刚毕业报到后，因为宿舍暂时进不去，我一个人就住在工厂招待所的四楼房间里，告别了当时的大学生活。每天上班到位于办公楼一楼的办公室给领导们师傅们打水，给办公室拖地拿报纸，熟悉工厂各类文件，下班后就去单身楼旁的职工食堂，吃过饭后再走回七八公里外的沟口招待所。每天因上班、吃饭、回招待所就要在沟里走几十里路。当时是夏季，招待所建在山塬下，也不通风，7月份的天气闷热难受，在整夜电风扇的嗡嗡声中我难以入眠。大学刚毕业的不舍之情和刚进工厂的不适交织在一起，每天深夜一齐涌向心头，眼泪和汗水交织在一起，湿了枕巾，一个月就这样浑浑噩噩地过去了。之后我的宿舍终于分好了，我加入集体之中，住上了三人一间的集体宿舍。

一年后，我结婚生子，又是两地分居。可我总不能带着孩子住集体宿舍吧？于是，我央求我们处长给我协调工厂的母子楼。可谁知因为我爱人不在这个工厂上班，我属于单身职工。当时，在这个以双职工为主的大型工厂里，单职工凤毛麟角，少得可怜，我们处长借机善意地批评我找对象没有社会经验，没有经济头脑，不找本单位的，而是找了个外面单位的，说现在有了孩子，按工厂积分排队，我就没有希望可以分配上住房，顺便提到了以前给我介绍对象我没有谈的话题。但说归说，他还是积极协调，然后在单身楼给我协调出了一间房，我们母子俩就住进了单身楼四楼的一间房里，邻居也是一些结婚后不够条件分房的小两口、小三口，还有年龄大一些的双职工。这间房子解决了我和孩子住宿的燃眉之急。我当时内心还是挺满足的，毕竟我在那一拨分配进厂的学生中是先结婚生子的，能在工厂单身楼找个住处，既经济又安全方便，也算不错的。有很多和我一样的学生结婚后都去了沟口租住民房了。即使到现在我经历了许多住房的曲折，住上了自己购买的大商品房以后，偶尔想起以前在老厂区的单间房，心里还是充满感激之情的。

我和儿子住的单间房放着两张单人床拼成的大床，一张单人床有床头，一张单人床还没有床头。年长的同事借给我一张钢丝床，支在房间内靠门的一面墙旁，轮流来帮我看娃的婆婆妈妈就睡在这张钢丝床上。煤气罐靠墙放在门内，在门框上打了个眼，将煤气管通到门外，连接在煤气灶上，煤气灶放在房门外面靠墙的楼道里，我们就在楼道里做饭，水房在二十米之外。我们母子俩在这十六平方米的单身楼房间里度过了近两年的光景。随着工厂的军转民进程，工厂在西安东郊又建了新的基地，我们母子俩又一起来到了西安东郊。我爱人在西安东关南街的一个电器厂工作，还算是这个厂吸引来的人才。这个厂在办公楼的四楼给了我们一间十平方米的房间。这个房间放了一张床和一张桌子、一个柜子后就转不开身了，但在当时的条件下，这还算是好的。可是东关南街离我们上班的工厂新基地幸福北路很远，孩子又没有幼儿园托儿所可以送，因此，我们只好在我们工厂附近租了一间民房。我和孩子住在工厂附近，我爱人来回跑着。这样我上班就会方便一些，孩子也可以上我们工厂的幼儿园。租的房子还没有来得及粉刷，我们就急不可待地搬了进去。这一住就是两年，那两年我深刻地体验了租住民房的酸甜苦辣。

我的房东共有上下六间房，我们一家三口住一楼靠西的一间房。房间十八平方米左右，我们用大立柜将房子隔成了两个区域：大立柜后面安放着床，是我们住的地方；大立柜前到房间门的地方放着沙发桌子什么的，是一家人吃饭活动的地方。房东把东边一楼通往二楼的楼梯下的空间也送给了我家，我们用来做饭。房东两口外加两个儿子住一楼中间以及东边的一间，二楼住的是我们工厂的其他两家和铁路局的一对年轻夫妇。房东夫妇倒是和善的两口子，两个儿子也甚是可爱。院子靠大门处有公共的水龙头可供院内住户洗菜洗衣，一院五户十余口人倒是相处和谐，只是到了做饭用水时很麻烦，你端着青菜、他端着米和切好的土豆丝排队等着过水，每个人都显得礼貌而有涵养，有一句没一句地聊着天，谁也没有显得比谁急一些，但是手里端着要洗的东西站着等着的人，眼神总是有意无意地瞟向了水龙头。这洗衣洗菜洗锅每天每次的等待对于上班赶时间的我来说，实在不方便，甚至有些饱受摧残的意味。但这还不是最难受的，最难受的是这个城中村出租院子里没有独立的卫生间和浴室，村里百十户人家只有一个公共卫生间，距离我们还有两条街大概一公里左右，而且还是旱厕，冬天倒还罢了，夏天臭气熏天，这就苦了我们这些带孩子的人了。我骑着自行车上下班，每天穿行在这个村的大街小巷，脑海中不时就冒出了杜甫在《茅屋为秋风所破歌》中的"安得广厦千万间，大庇天下寒士俱欢颜"的呐喊。这个声音在我心底鼓噪得时间长了，我就想如何才能得到工厂的母子间呢？俗话说没有办不到的事，只有想不到的事。想着想着，这个目标就渐渐列入了我的生活规划中，我就动了要工厂新基地的母子间或者过渡楼的心思。

　　新基地西安厂区的母子间可不像西沟老厂区的母子间。西沟厂区的母子间是一栋专门的母子楼，每户都有一间卧室、一个厨房、一个卫生间，就是小一点，但好歹是一室一

厨一卫的房子。可新基地的母子间是单元房，比如两室一厅
或者三室一厅，一个卧室里住一户，两室一厅就住两户，三
室一厅就住三户，大家共用客厅、卫生间和厨房。当时工厂
也有过渡楼，就更方便一些，类似小一室一厅，有单独的小
卫生间小厨房，卧室外有阳台。但过渡楼入住条件更高，有
的是分给了不符合分两居室单元房的双职工，有的是分给了
工龄长的带孩子的单职工。虽然不是正经分配的两居室一居
室，但也可以解决燃眉之急，这就成了我为了解决租住在城
中村不方便的问题而寻找的最新目标。

　　我当时是工厂一个综合科室的科员，我和爱人找了房
管科科长，提出了想租住工厂母子楼的想法。几番周折，过
了两个月，处长出面约了房管处的处长、房管科的科长吃了
一顿饭，给工厂提了吸引人才的租住过渡楼的方案。我作
为当时为数不多的本科生人才就获得了用每月八十元的租金
租住工厂过渡楼一室一厅的居住权。我和儿子在拿到过渡楼
房门钥匙的当天就急不可待地去打扫了卫生，也没有粉刷，
第二天就将租住的民房里不多的东西搬了进去，终于摆脱了
在城中村租房住时难上卫生间、洗衣洗菜时共用水龙头、一
年四季在楼道下逼仄的地方做饭不小心就能碰着头的日子，
终于有了自己的虽小但厨房卫生间齐全的住处。老公做了一
个能用电加热的水箱架在了卫生间顶端，也解决了租住民房

时的洗澡难问题。我们一家住在这里，度过了四年很难忘的日子。

在这小小的不到三十平方米的房子里，我隔三岔五地接待我的姐妹们，又给六十多岁患了绝症的婆婆看病治疗，这个小家甚至一度成了我老家人来西安的落脚点、联络站。除了偶尔用水高峰时水上不来需要存水外，这个在六层的过渡楼确实解决了我们家的燃眉之急。孩子上幼儿园的地方就在我们楼的几栋楼之外，接送也方便了许多。我同时也认识了不少同年龄住在这个楼的工厂同事，扩大了社交圈，直到公司开始进一步房改。

双职工用分排队交八千元左右就可以分一套两居室或者三居室的房子，楼层位置什么的也是按分数排名先后选取，这恐怕是许多六〇后在20世纪80年代的共同记忆。我们公司在20世纪90年代初开始从宝鸡的山沟往西安搬迁，就牵扯到五千余名职工的吃住问题。工厂的住宅区基本建好后，工厂就成立了分房委员会，就陆陆续续地分房。许多资历老的职工都住进了新房，我们那一拨入厂的学生，两口子都在工厂上班是双职工的也有许多都分上了房子。估计当时工厂新建的房子有剩余，或者入职工厂的大学生不都是在自己的工厂找对象，有些和我一样，在外面找的对象，这些人的分数就很难达到工厂分房的标准，但也有住房诉求。

　　一次工厂的厂务会研究：符合已婚本科的条件，一次性交够六万元的房子成本价，就可以购买厂里盖好的六十平方米的两居室一套，离异的属于单职工的有孩子的本科生可以交两万元购买一套两居室。政策公布后，有些像我一样的单职工大学生就面临着选择：是享受购房政策提升居住条件呢，还是凑合着住呢？是在现有条件下交六万元购房呢，还是离婚后交两万元购房？选择这时候就摆在我们面前，在一个月的考虑期内熬煎着我们。我们的孩子这时已经七八岁了，没有自己的独立的房间，有时和我们挤在一起，有时在过道或阳台上支个单人床自己睡，搬来搬去的非常麻烦。有同事怂恿我们俩开个离婚证，用两万元购买一套房住，但还像没有离婚一样一起过日子。我寻思来寻思去，觉得这样做不符合我的三观，这样做的话我就会变成人们茶余饭后的谈资，就没有起这个念头。但又想改变居住环境，怎么办？在当时的情况下，路只有一条，就是筹够六万元交到工厂的财务处，然后等着分房。

　　1996年9月6日，我提着装有六万元现金的纸袋子坐上从西安到老厂区宝鸡蔡家坡的工厂通勤车时，满怀壮烈，激愤和悲壮的情绪一路冲撞着三十一岁的我，平时像活宝的我这天一路无语，听见同车的一位比我年轻的同事为交两万元的房款一路骂骂咧咧，我在心里轻蔑地笑了：你那算什么？

我要交六万呢！1996年的六万元人民币对一般家庭来说确实不是一笔小数目。我们两口一开始就六万元买这个房子也是意见不统一。最后还是我老公公认为现钱放在手里，不知不觉地就花完了，也不见什么效果，如果压力不大，再借少量的钱能改善住处，能给娃提供一间独立的房也是一种好的选择。一锤定音，我们就东拼西凑了六万元，由我坐车去宝鸡老厂区财务处交付。

班车行驶了四个小时，到了位于宝鸡蔡家坡的老厂区。我提着装有六万元现金的纸袋去财务处交钱，财务处的会计人员一再确认我是否要交，问得我心里都没有了主意，又给我老公打电话，老公说交了吧。那天我所在的处室支部也正好要开会研究我的入党转正问题，会后我们处长听说我要交钱，也一再叮咛我想好了。我被人问得六神无主，又去给老公打了一个电话，说厂里的人都议论我是神经病，那么多的钱干什么不好，非要交到厂里购买一套不知什么时候能到手的六十平方米的两居室。老公听后说，定了的事就定了吧，还是交了吧，这样至少有一套房子住，娃大了，上学也方便。打完这两次电话，我就义无反顾地去财务处交了购房款，坐下午的工厂班车回到了西安。班车开了一路，一路上车上的人说什么我也没有听到，我脑海里反反复复回响着《骆驼祥子》中的一句话：我把多年的辛苦交给了人，我把

多年的辛苦交给了人，我把多年的辛苦交给了人……回到家，我跟失了神一样，直接昏睡了一天一夜。

最后得知工厂当年享受这个大学生骨干购房政策的并交了六万元的就我一人，也有人离婚了享受的是两万元购同样的房的政策，因此，我当时就在工厂落得了一个富婆和神经病的双重外号。因为这类人就我一个，我交款后没有多久，我们处长就告诉我哪儿哪儿腾出了空房，鼓励我找工厂分管后勤的领导要房。1997年我终于分到了一套别人腾出来的两居室。

我们把这套来之不易的房子认真地装修了一下，找了个黄道吉日就搬家了。其他的细节我也忘了，我只记得我儿子当时已经整整九岁了，到了新房，跟刚放出场的小马驹一样，这个屋那个屋地撒着欢跑……我人生中正儿八经的第一套房，留下了我们家多少珍贵的、感人的、伤心的记忆啊！

2004年，我们公司因为扩建北迁西安高陵，在公司配套的小区，我购买了一套面积更大、功能更齐全的双层复式房子，装修入住后我的孩子也考上了大学，以前位于西安幸福路老厂区的这套六十平方米的房子就失去了居住价值，但家里谁也舍不得出租和出售。儿子说，这里有他的童年和少年记忆。是啊，他从这儿上幼儿园念小学、初中，从这儿考上了大学，走出了国门，有多少美好的憧憬和向往都是在这儿产生的啊！

后来不管是出于投资还是出于改善，我还购买了不同地域的两三套房子，但是，却再也找不回当年搬进不到三十平方米的过渡楼时的欣喜若狂的感觉，再也找不回当年住过渡楼和两居室的幸福感和满足感。

我想，对于房子而言，每个人适得其所，房子也才算是物尽其用了。

不想过年

　　时光飞逝，1996年转眼间就到来了，又到了阖家团圆、欢欢喜喜过新年的时候了。可是近"年"情怯，我怕过年，也不想过年。

　　前些年不想过年是因为过年要串亲访友，要给小侄儿小外甥准备压岁钱，当时囊中羞涩，一元钱当两元钱用，日子比较难熬。

　　近两年工资水平提高了一些，倒不必为压岁钱及过年的礼物而发愁，可是仍然不想过年。前年过年，我的生父匆匆地离开了我们，使我第一次意识到人生苦短，失去的不可能再得到。又过了一年，我的婆婆离开了我们，使我又一次体会到了时间的威力。短短的两年时间，亲人走的走了、老的老了，这个世界上关心我呵护我的人越来越少。因此，有时想，不过年多好，那样时光就不会飞逝，所爱就不会离开，青春就不会老去。

不想过年，不想看见母亲鬓角一年比一年增多的白发；不想自己事事无成而眼角的皱纹却增加了一道又一道。不想过年，不想听见时间急促的嘀嗒声，它使我感到了慌张和不安，使我来不及仔细地欣赏四季的风景，来不及注视丈夫日夜操劳脸上挂满的疲倦，来不及观察儿子一天天长大的细微变化。再回首，已是三十多岁的人了，日子就在抱怨声中滑落了。

三十多岁了，才发现"年"的脚步是那样匆匆，全然没了童年时的温馨和香甜。小时过年，能吃上平常吃不到的可口年糕，能在除夕之夜，反反复复地翻看枕头下压着的装有五角或一元压岁钱的新衣服，盼望着天快快亮。现在每逢年近，却总有一种无可奈何花落去的感觉。是不是人未老，心境却老了？

我不断地自我反省，忽然想起很早的时候看到的一副对联，上联是"年难过年难过年年难过年年过"，下联是"事无成事无成事事无成事事成"，仔细琢磨这副对联，才发现古人早已有了不想过年、过年难的感受，并把这种感受提炼成了一副富有哲理的对联。看来，生活从来就是在矛盾中螺旋式地向前行进着，从古到今谁也挡不住它那从从容容的脚步。那么何必要一味地逃避，一味地沉浸在叹息和失意声中？何不在年末岁首来一次精神上的除尘洗涤，洗去那消极等待、患得患失的心绪，保持一个清新平和的心境，做一些有意义的事情呢？

　　想通了，"年"就不那么可怕了，也可寻到它那独特的魅力。年到了，树叶该绿了吧？花快开了吧？儿子个子也该长高了吧？

起心动念

最近看了一本名为《天地感应篇》的书，对"起心动念"这个词有了新的体会。书上讲，衡量一个人是不是慈悲善良，并不是看你做成了几件善事，关键是看你起心动念时的善心慈悲心有多少。

人的能力地位不同，所能做的服务众生的事就不同。只要你念头是好的，是出于公心为众生服务的，而不是自私自利只想到自身的，这就可以算作善。而不是说你有慈悲心而没有实现，上天就忽略了你的善；你行动上做了几件善事而内心恶贯满盈，上天就看不见你的恶。因此，我对"慎独、修行"四个字就有了全新的理解。

想起有一年去台湾，参观星云大师的道场佛光山佛学院，最有印象的就是他的"三好"的理念：存好心，说好话，做好事。其实与《天地感应篇》上说的善心、善举，本质上的意义一样。

　　二十七八岁时，有一次坐火车从宝鸡蔡家坡回西安家里，火车过了咸阳站，眼看着再有十来分钟就到家的时候，却突然临时停车。

　　这个临时停车如果只有几分钟几十分钟的话，也没有关系，但却是停了整整两个小时。两个小时里，一车人下不去，困在小小的车厢里，实在不知干些什么才好。大家面面相觑，或者像热锅上的蚂蚁，在小小的车厢里转来转去，不胜其烦。那是20世纪90年代初，还没有手机电脑可以用来打发时间，蔡家坡到西安的车程不到两个小时。记得是个周末，我下班后回家心切，走得急，也没有顾上带什么书籍杂志，因此突然多了出来的这些时间，就无所事事地坐着，看着窗外。

　　对面坐着和我年龄相仿的两男一女，开始吃零食喝啤酒，并邀请我一起。我本人并不属于自来熟的一类人，除过三餐外平时也没有吃零食的习惯，自然就拒绝了他们一起吃喝的邀请。但架不住两小时里三人你一句我一句地聊天，以及似有似无的提问，我就不知不觉地加入他们天南地北的阔谈中。我心里头也时不时地跳出书上写的上当受骗的故事，因此，在聊天时，我警惕性还是比较高的，也没有全部说实话。比如对方问在哪儿下车？就答西安。在哪儿上班？西安东郊。什么单位？汽车厂。做什么工作？工人。看你那手上的皮肤和气质不像工人。嘿嘿，行政人员。是大学生吧你？
那时候大学生还比较稀罕，也怕人家看不起自己，就点头默
认是。问做哪方面的行政，回答企业管理。如此一段穿插往
来的对话，像潜伏的特务对暗号似的，自己感觉滴水不漏，
却不知道，为了消磨时间的这些对话，后面还是给自己惹了
不少无伤大雅的麻烦。

　　火车再次启动，很快到了西安。这时候已经晚上10点半
多了，对面的两男一女出站后要求送我回家，自以为防范心
较强的我婉拒了他们的好意，迅速跳上开往东郊的20路公交
车，与三人就此作别。

　　第二天是个周末，一大早，一家三口刚吃过早饭，火车
上坐对面的两个男的就来到了我们家。我当时非常错愕，应
该都写在脸上。可是，人家都找来了，我还能说什么！三十
岁左右的人，还是非常要面子的。老公问我，谁啊？我实话
实说，说是昨天火车上坐对面的两人，号称河北邯郸人。老
公把两人带进屋子里，让座、倒水，一脸疑惑但又不好直
言，简单寒暄了一下，就出门买菜去了。

　　我纳闷地问他们如何找到了我临时租住在城中村的房
子，我记得聊天时我并没有说过这些具体的住址。这两个人
中的一人说，周六没事，他们想找我玩儿，他们在宾馆的电
话本上一查，西安东郊的汽车厂只有一家，他们就去了汽车

厂的家属院，碰见一个姓周的人打听。姓周的说企业管理办有一个女大学生，像你们要找的人，她主任住几单元几号，应该知道她住哪儿。这俩人就跑到我主任家，要来了我临时租住民房的信息，一路打听，就找到了我家。

天下事，真的是无巧不成书。

正不知接下来如何应对时，老公买菜回来了，就开始做饭，有一句没一句地聊天。饭后送客时，这俩人中却有一人说，他们把钱丢了，回不去邯郸了，希望我们借些钱给他们。那时候我一个月的工资一百元左右，我和丈夫两人加起来也就不到二百元，要养孩子孝敬老人交房租，哪儿还有多余的钱。

当时，我们想了个办法，让他们去我办公室给他们老家打电话，让家里给他们寄钱。那时候打电话也不方便，外面的公用电话一个市话也要几毛钱呢，长途电话就更贵了。到了办公室后，联通好总机，眼看他们打完电话，我们借给他们二十元钱后就分手了。

周一我去上班，火车上对面坐的俩人把电话打到我们办公室里，让我去火车站一个宾馆去取还我的二十元钱。我主任埋汰我，是乡下来的老家人借钱吧？都走错到了他家，还是他给指的去我家的路。我不敢多加解释，害怕在领导那儿露怯。出于安全考虑，也没敢去取钱，心里想，这钱也不要了吧，权当救济了他们。

又过了几天，我收到一封电报和一束花，是俩人中的一个发给我的，说谢谢我帮助了他。但电报上说让我防范另外一个人，说那人是个骗子。回家把这事说与老公。老公说，他当初也没有相信我说的话，认为是火车上认识的什么人，他听说是河北人，还以为是我高中的同学，毕业后分到外地的初恋呢！所以，他才做了几个像样的饭菜招待。我的初心是帮他俩，至于他们是否行骗，我想那是他俩的事吧。是他俩的业报。何况还有一个中途幡然醒悟，给我报信的呢。我爱人主动买菜做饭，以为是我的同学初恋而去招待人家，那是他的善良和用心良苦感化了那俩人吧。

年轻时经常被大街上据说迷了路、丢了钱回不了家的男男女女缠住要钱，如果身上有的话，我都会毫不犹豫地给一点。后来听说这些人大多是行骗的。再碰上时心一硬，就不再搭理，可是心里却隐隐担忧：万一是真的受了困的人呢？

社会中的一些乱象有时导致人与人之间的诚信缺失，有时老人摔了没人敢扶，有人受伤没人敢出手相救，甚至有些人已经不能好好说话了，何况办好事呢？

但是仔细想想，如果社会再进步一点，经济发展和道德修养同步，我为人人、人人为我，那么做善事、办好事的人自然会越来越多。"人之初，性本善"中的"善"就被激发出来了，起心动念就会考虑结果。

　　如果做好事时心甘情愿地付出了，不仅没有觉得吃亏，反而有奉献爱心后的满足感，那么，这应该就是善心善举，发出的是正能量。

　　如果被人需要，而且在不受伤害的前提下，我想，还是要多办好事，做一个灵魂高尚的人。世上还是好人多，否则，社会如何进步，爱心如何传递呢？

旅行去

　　旅行对绝大多数人来说，都是一件开阔眼界的好事。读万卷书不如行万里路，对有闲有钱的人来说，尤其好。

　　旅行看似一件简单的事，可是近几年，却因疫情影响变成了复杂的事，说走就走的旅行，更是做梦也不敢想象。核酸、绿码、行程码、隔离，让想去旅行的人心里像夏天落在地上的雨水一样，激起了大大小小的泡泡，此起彼伏，但很快，又消失得无影无踪了。

　　大多时候，我一人坐在办公室看着窗外的天空。

　　一天，天是阴郁的，烟灰色的天空像沉默寡言的人一样，不声不响，又像一张无边无际的灰色幕布。就在烦闷不堪时，灰色的幕布又露出了一道或鱼肚白或瓦蓝色的长条，打开了深邃天空神秘的面纱，引发了我的好奇和探索。

　　又有一天，天湛蓝湛蓝的，天上的白云变幻莫测，有的高悬，有的低垂，让人浮想联翩。以前去过的有着美妙云彩的地方像走马灯似的回旋在我的脑际：丽江四方街上空有情调的浪漫多情的云，甘南花湖上空潇洒的婀娜多姿的云，布达拉宫金顶上圣洁的神秘莫测的云，蔚蓝大海上空如影随形的飘荡的云，沙漠上夕阳下流光溢彩的云……让我有了再去一次的冲动。

有太多的地方，因为景或者人，因为吃的或者住的，去过了一次，再也不想去第二次，甚至在脑海中有选择性地忘记了那些地方。可是上面这些地方的风景、美食、人文等都吸引着我，让我留恋和向往。

旅行去，无拘无束地旅行去，成为我新的向往。

旅行半是现实半是梦幻，从自己生活疲倦的地方到了另外一个全新的地方，从自己熟悉的地方到了一个陌生的地方。陌生的天空、陌生的饮食，如此这般，便更加相信这世上还有许多人类无法了解、无法掌控的神奇所在，还有许多人类尚未探究的未知世界。这些更可以激发自己学习探索的欲望，激发对生活的热情。

如果有一天，新鲜已然陈旧，陌生慢慢变成熟悉，旅行去，给自己寻找一个新的精神栖息地！

旅行能更深切地认识人与自然、人与社会的关系。旅行就是求学和求知，不但使人身心有了新的感受，更使人对世界也有了全新的认识。

　　"世界那么大，我想去看看。"一封诗意的辞职信曾经风靡了全网。虽然不知那位女教师辞职后的情况，但她抛弃了柴米油盐生活的琐碎及眼前的苟且，追寻诗与远方的生活，代表了多少人的心声啊！从《徐霞客游记》到《一个人的朝圣》，无不是旅行给人的抚慰和救赎。

　　生命犹如一趟旅程，每个人都坐在时间的列车上。上车的站点和时间不同，但列车终究要到达终点。每个人人生的历程，正如列车沿途的风景一样，不尽相同。相同的是每个人购买的都是单程票，开往生命的终点。每一天的生活都没有彩排，都是现场直播。

　　只有肩上的行囊轻了，心中的杂念少了，人生才能走得更轻松更远一些。因此，我想，追寻自己的梦想，去一个自己想去的地方，做一个自己想做的人，应该是每一个人的精神需求。

　　旅行去，不但在现实中，而且在书中，在心中。

倾听内心的声音

听过一个故事，大意是人生有三重门。年轻时每个人都急着赶路，只会看到门正面的字。一重门上面写着"改变世界"，你就毫不犹豫地树立起一个人生理想；二重门上写着"改变别人"，于是，你就会看到别人的缺点，试图去改变别人；三重门上写着"改变自己"，你想，不管你如何努力，世界还是按照自己的方式运转，并没有因为你的努力或者不努力而有一丝一毫的改变；别人也是我行我素，也没有因为你的指教或者批评而变得高尚温柔。这时候的你，不得不重新审视一下自己了，开始改变自己。

有一天，你发现了你不再年轻，就该往回走了。回去的路上，这人生的三重门还在那里，结果，先看到的第三重门背后的字却是"接纳自己"，接着，看到第二重门的背后写着"接纳别人"，第一重门的背后写着"接纳世界"。这时候的你可能已经年过半百，看到"接纳自己"的话时，如释重负，醍醐灌顶。你开始接纳自己的缺点，承认自己的力所不及，承认自己与别人的差距，审视自己的人生目标，享受自己独到的乐趣，用平常心看待自己的所得与所失，领会得失之间的辩证关系。开始承认人各有各的活法，尺有所短、寸有所长，你开始倾听自己内心的声音。

以前碰到三月里的节日时，你总以为那是弱势群体的节日，只有弱势群体，才会得到格外的照顾，妇女节、儿童节、重阳节无一例外；现在，你不再执着于什么节，只是心安理得地享受了半天假。以前，当别人在主席台上滔滔不绝时，你要不就是鼓掌鼓红了手心，要不就是轻蔑地不予理睬；现在，你认真地轻轻地拍几下手，认为那是人家的职责所在。

年轻时，心花怒放，会觉得每一朵花都向自己微笑，每个人都是自己的至交；不再年轻时，就认为花开无心，境由心造，人生有两三个知己甚好。

年轻时，一个人待着，觉得寂寞、孤单，似乎全世界把自己忘了一样，自己成了社会的弃儿；不再年轻时，就觉得自古圣贤皆寂寞，自己学会了给自己生火取暖，自己能管理好自己的情绪，自己成了本我最真实的支点。怨天尤人不如自我反省，一个人自己心里的坎过去了，知道了自己内心最想要什么，最排斥什么，知道了自己最大的希望就应该寄托在自己身上。

一个人只有与自己和睦相处，才是单纯的，又是成熟的，才可以包容别人，和别人愉快相处。一个无法与自己达成和解的人，就难以与别人达成共识，最终不得不与别人达成妥协或者争斗。

多数人过于关注别人对自己的看法，处处与别人相比较，殊不知，人人都处于比上不足、比下有余的位置，生命中不仅仅是齐步走、团体操和大合唱。

天下没有不散的筵席。不过，只要一个人知道自己最想要什么，自己最想干什么，没有迷失自己，就没有什么好担心的。

一个人喝茶，一个人看书，真诚地理解别人，体谅别人，心境平和，怡然自得，摘下社交中的种种面具，认真地倾听自己内心的声音，感谢每一个过往自己的所遇，美好的、失意的，甚至失误的，生活中才能有不同的启迪和收获。唯有如此，才可以重新爱上这个世界。

向内开莲花，自信又豁达。

把明天的烦恼放到明天

　　新年刚过，上班的第一天，有年轻的同事来办公室拜年，刚说了几句新年祝福的话，就话锋一转，说到了今年的工作指标设置，今年的工作要求，甚至年底的考核、工作调整，言语间充满了忧愁，好像不知道接下来的一年如何度过似的。我看她平日里很精明很要强的一个人，如今却这般烦恼，不由自主地笑了。她越发苦恼，不明白我为何发笑。

　　为什么要把明天的烦恼提前到今天呢？明日烦恼不行吗？年底的事年底再说吧，先做好现在的事吧。船到桥头自然直，车到山前必有路，我这样开解着她。她说不行，她还是认为领导对她有了成见，指标设置不合理，年底万一考核不好，她不知何去何从呢。她现在的岗位、她目前的薪水关乎她孩子的教育、成长，这些考核调整的事都成了她心里的结了。我看一两句话说不明白，就倒杯茶，两人坐下，按照王阳明"事上练"的方法，结合我个人工作的经验，逐一分析。是自己工作本身做得不好，还是指标设置得不合理，抑或是上下级对自己不理解造成的？分析来分析去，没有等我说什么，这个同事就认识到了自己工作中的短板是沟通不好，喜欢对质，喜欢反问，喜欢刨根问底，不管对与错，都喜欢坚持自己的想法。这些特点，在职场很容易让别人误解和接受不了。"要想公道，打个颠倒"，是啊，只有换位思考，才可以理解别人，包容别人。我们的聊天好像给了她什么灵丹妙药一样，她说她知道下一步该从什么地方入手改变自己了，还说自己心情好多了。其实，这世界上哪有什么灵丹妙药，还不是过来人的经验或者教训而已，昨天是今天的药。

一年有三百六十五天，我们怎能带着烦恼每天在焦虑和忧愁中度过？我们还是需要活在当下，先做好今天的事情，即使今天我们还没有做好，或者有些失败，但我们也要冒着失败的风险，继续努力，力争更好。这样，每天进步一点点，经年累月，有一天，我们再回首时，就会发现我们已经练就了金刚不坏之身，我们有了质的升华。这样，我们才对得住上天赋予自己的生命和智慧。

《乱世佳人》里面的主人公斯嘉丽面对一地鸡毛，她说："明天再烦恼吧……"因为今天有更重要的具体的事情要做。人常说，不要为打翻的牛奶而哭泣，不要停留在昨天的阴影里，过去的永远过去了。这些都是哲人留给我们的箴言，也适用于我们每一个人。当我们遇到困难和失意时，也经常这样说给自己听，我们就能慢慢领悟，放下烦恼，重新出发，做一个坚强的人。这样，才能使我们度过人生中一个又一个大大小小的沟沟坎坎。

人生不如意事十有八九，常想一二，不记八九。这也是古人的警世名言。可是，人们遇到事时，却往往忘了这句话的真谛。殊不知，每个人都要在自己的人生道路上，走一些弯路，走时可能痛苦失意，甚至感觉无法走下去，但是只要走了过去，再回头看时，这些弯路就变成了人生成长过程中的一笔宝贵财富。

一帆风顺的人生这个世界上本来就没有，即使偶尔有，也不是真实的人生。坎坷造就人生，不经历风雨，就难以见到彩虹。

这世界上唯一不变的事情就是变。我们的心变了，我们看事情的角度变了，遇到的事和人也就变了。有时候，看似困难重重，万事万物好像都和我们作对，但如果假以时日，时过境迁，或者自己茅塞顿开，一夜之间就会有天翻地覆的变化，何况一年呢？我的爷爷去世时七十五岁，我的父亲在七十五岁时身体欠佳，自己一个人经常长吁短叹，很害怕过不了那年。搞清楚原因后，大家都开解他，帮他解开了心里的疙瘩，他的心情豁亮起来，再加上现代先进的医疗技术，他安然度过了十年。

今日的世界，瞬息万变，我们只有坚持为人做事向真向善向美，不忘初心，与时俱进，才可能不乱方寸。只要我们紧紧地抓住了今天，用心做好今天的每一件事，心存感恩，心存希望，我想，即使有些不如意，有些困难，但都会拨云见日。

不要把明天的烦恼提前到今天，把明天的烦恼放到明天！

阅读与写作

阅读使我们增长了见识，通过书籍我们对不同时代、不同地区的风土人情、文化都有了了解，增加了人生的宽度，让单调的生活变得五彩缤纷。

人活于世，不仅要有漂亮的皮囊，而且更需要有丰富的内质，更需要精气神。那么，好的气质和精气神来自哪里？我想，就是阅读。阅读，是一个人精气神的来源，是对心灵的丰盈和滋养。书，经常被人们称为精神食粮，对于喜欢阅读的人来说，几天不看书，心里就荒芜和空寂。书看得多了，文字就有了灵性，进而被注入灵魂，人生就有了意义。卢梭曾说过这样一句话："人生过得越有意义的人，对人生的感受也就越多。"感受多了就需要交流，那不是说出来就是写出来，写也是一种表达形式。因此，写作读书的体会，写作生活的况味，与有缘的人交流，就成为许多人的喜爱，为平凡的日常生活增添了让人愉悦的注脚。

　　阅读让人充实，写作唤醒思想。阅读自然、阅读人、阅读书，写风景、写人情世故、写喜怒哀乐。一年春夏秋冬有不同的时令，在作家笔下就有时空转换的四季风景。

　　写作是让灵魂四处徜徉的方法，我们在柴米油盐酱醋茶的琐碎枯燥中通过写作润色生活。写作时一念既起，就努力在当下完成，那一刻，才觉得自己是真正实在的拥有者，拥有情趣，拥有认真，拥有激情。正视生活的琐碎，享受生活的繁杂，通过阅读和写作，把焦虑、消沉剔除出去。

　　听说德国人更喜欢纸质的图书。他们喜欢书拿在手里的感觉，更为传统和真实。他们喜欢阅读有深度、值得思考、震撼精神世界的文学作品，而不是那些碎片的、低俗的，没有任何营养的花边消息。大文豪苏东坡也说过"人生如逆旅，我亦是行人"，静水深流，平淡隽永，乐天知命，把跌宕起伏的人生演绎得精彩纷呈，还留下了千古妙文佳话。

　　有人说，喜欢阅读写作的人，不会钻牛角尖，就不会得抑郁症，他们通过对照书中的人物的不同命运，对自己的生活际遇就有了客观的态度，思想通透，随遇而安。

　　人生如露水般短暂，许多美好转瞬即逝，有些事有些人终究要散场的，眼泪和叹息没有用，回忆也没有用。然而，阅读是有用的，它给人们开启了千万个新的人生场景，带来了千万个新的朋友。

阅读与写作，沉淀了我们的思想，增添了我们生活的智慧和内驱力，抵御了浮躁、不安，甚至恐惧以及心中所有的兵荒马乱，丰盈了我们的人生。

遇见范燕燕

衣服是人们的必需品，丝巾不一定是。但穿衣戴帽搭配丝巾的人是有情调的、是与众不同的、是热爱生活的、是有趣可爱的，这是不争的事实。

初冬的一个周末，几个文化界的朋友小聚，叫上了爱好文学的我。有个朋友来了落座时顺手递给我一个雅致的黑色小手提纸袋。我问是什么，朋友说：一条范燕燕的丝巾，你是今晚在座的唯一一位女性，专门送你的。我想丝巾就像香水口红一样，是女性收到的最常见的礼物了，就不客气地起身道谢并收下。

各色调各风格大小不一的正方形和长短不一的长方形丝巾，有的静静地躺在印刷精美的礼品盒里，丝线坠着的吊牌显示着身份和来处，有的只是装在硬的塑料包装袋里，一眼就可以看出色调。像我这样年过半百、曾经在市场营销一线工作过、又经常参加各种会议活动的人，国内国外品牌的丝巾确实也见过很多。

　　这个有着红色细边的黑色纸袋看起来有些高贵和雅致，不同于经常看到的金黄、深蓝、浅绿的袋子。纸袋里还装有一本印制精美的薄册子。出于职业的习惯，以及我自己长期以来对书本之类东西的偏爱，就顺手拿出来这个册子翻了翻，不看不知道，一看吓一跳。我们西安，距离我不远的地方竟然还有这么著名的还很年轻的设计师，还有这么雅致的品质高贵的丝巾，这个年轻设计师竟然还远渡重洋，被邀请参加了全球妇女论坛，两次获得全球妇女论坛"阿尔忒弥斯女神奖"。她设计的丝巾还戴在了奥巴马夫人米歇尔、美国国务卿希拉里的脖颈上，还被联合国秘书长潘基文等人收藏，并经过有关部门赠与了我国第一个登上太空的航天员杨利伟，以及目前奋战在抗疫一线的医护人员……我心里惊讶我的孤陋寡闻，同时也好奇范燕燕是个什么样的女子。我久久地盯着册子里一幅名叫《邂逅》的画面：一个脸部化烟熏妆、眼神冷冷的高挑女子身裹黄蓝色调的丝绸，绸子随风扬起，飘逸到无限远方，绸子上的画与天上的蓝天白云辉映，与远处连绵不绝的沙丘接应。我想范燕燕为什么能设计出这些脑洞大开的图案？朋友说，她最近就在西安，在大唐西市里有个工作室，哪天去看看。

　　过了七八天，我和朋友就见到了在大唐西市工作室里等我们的范燕燕。

　　眼前的这个人，不像我去之前在心里估摸得那样高冷，也不像我提前在网上做功课时看到的那样艳丽。她个子一米六左右，穿一件款式新颖比较宽松的灰色短大衣，雅致、知性，在恬静的氛围中自然大方地把我们带到了她的经典丝巾展位前。工作人员每打开一款丝巾，她就将每款丝巾背后的故事娓娓道来，这些展示的丝巾里，就有被海内外著名人士收藏和使用的名字为三兔回纹藻井、九色鹿、如意、邂逅、净土、自由自在、马勺、兵马俑等等十余种丝巾，属于梦幻敦煌和梦回长安两个经典系列的产品。

　　本来丝绸的品质和光泽，就会把人往高贵处提升。

　　现在这些纯黑、大红、翠绿、靛蓝、橘黄、天青为底色的丝绸犹如音乐里的伴奏，被赋予了飞天、三耳兔等敦煌历史宗教文化元素，以及七大洲四大洋、世界和合的不同图案，这些图案就变成了音乐的主旋律、画面的主题、产品的中心思想展示给人们不同的寓意，让人感到世界造化的神奇。这些图画形散而神聚：飞天女凌空取势、裙裾飘飘；三耳兔动静自如，在规与矩的方圆中奔跑；铜车马神秘的魔力，恍惚间把人引进了战马嘶鸣的历史；"EAWC"布满橄榄树的绿意，使人呼吸到了海风，感受到自由奔放。这些作品给人的感觉有的是大气磅礴，飘逸灵动；有的是静若处子，朴素简洁；有的随方就圆，潇洒随性。一个个敦煌壁画中的佛教故事和秦汉唐等的历史人物典故，被范燕燕演绎为一幅幅画，这些画和丝绸结合，制作成了一条条美丽高贵的丝巾，一条条丝巾的流转，以特别的方式唤醒了沉睡中的中国传统文化，不同时空的文化在不知不觉中传承下来。

　　慕名已久的人就在眼前，端庄、雅致、和气，轻言慢语讲着每条丝巾画面背后的故事，如山间清泉，缓缓而来，沁人心脾。随行的文化界朋友和范燕燕很熟，看我时不时提问，便说墙内开花墙外香，"国际范"不爱说话，不太跟人打交道，回应着我以前没听说过的疑惑。我想他说的国际范，估计有两个意思，一是范燕燕的国际品牌，一是范燕燕举手投足的大家风度。酒香还怕巷子深？我想只要假以时日，大家都会了解范燕燕及其丝绸产品的。只是我不知道这么一个柔弱的身躯，如何大学一毕业在别人都考研出国时，却选择了去敦煌临摹壁画？而且一去就是两年。我在许多年前的一个秋天，也去过敦煌。敦煌在高远辽阔的天空下确实有些神秘有些壮观，我觉得适合旅游观光。可是在那戈壁沙漠包围中的敦煌市生活两年，我是没有想过的。艰苦吗？我将探疑的目光投向范燕燕，她说，生活确实艰苦。她没说如何艰苦，我也没有再问，毕竟初次见面。但我想，每个人的前行都需要力量和勇气，而给予这种力量和勇气的，无他，只有信仰和爱。没有艰苦卓绝的付出，也绝不会有丰硕的收获。人们常说的台上一分钟，台下十年功，十年磨一剑，指的就是这个意思吧。

没错，在后边的交流中，我听出来了：范燕燕对艺术的热爱，才促使她在最好的年华里流连于莫高窟，凝神细察，濡墨临习，才有了以后娴熟的绘画技巧，文化和信仰才让她对这一技巧进行了跨越和升华，乃至迈向了心灵自由的境地。

岁月的荣枯，光阴的流转，时空的变换，使范燕燕的人及作品都达到了一定的高度，并屡屡获奖，她也是西安为数不多的工匠之星。但如何继承传统，演绎经典，进而更自成一体，开创出更新更宽广的一片天地，应该是更需要呕心沥血、努力奋斗的。

一个心境高远的人，一个追求灵魂自由的人，注定要比常人多付出一些，生活得更辛苦一些、纯粹一些。但这辛苦、这纯粹，终将会变成人生中的静美华章。

不为华丽雅致的丝巾，只为范燕燕年轻时在敦煌耐得住寂寞的坚守，只为她选择的特立独行的创业之路，只为她御风而行大气磅礴的色彩浪潮，只为了她做了我未曾想到且不可能做到的事，于是有了我这篇第一次写著名艺术家的文章。

四

亲情友情

我和父亲二三事

我的父亲是一个地道的农民，但有高小文化（旧时五六年级称高小）。我很小的时候，打算盘、写大字都是父亲在家先给我教，去学校后我比别的小孩就学得快一点。

父母亲一辈子没有生小孩，抱养了我和比我小四岁的弟弟，视我们如同己出，而且在宠爱的程度上也远胜过亲生。

记忆中最深刻的事就是上小学暑假时，和父亲一起去北边的黄龙山换油。换油就是拿压榨好的菜籽油到本地周围的一些自然村，换取农户的一些油菜籽、小麦、苞谷、豆子或现成食物，换油既解决了一些小户无法榨油的困难，父亲又赚取了中间的一部分差价，可以维持生计，补贴家用。这对于大人来说，是一门生计，对于小孩来说，纯粹就是开眼界。幼小的我坐在毛驴拉的架子车里一会儿坐、一会儿躺、一会儿爬，玩得不亦乐乎。父亲坐在车沿上，唱着秦腔，毛驴拉着架子车奔跑在乡间的小道上，每到一个村子，父亲开始换油，也给我换些干粮，我就在车子附近边吃边玩。天黑时，我们一路欢快地赶回了家。

还有一次是我上小学的一个春节前，父亲准备去县城卖柴，我们提前把家里的树砍了，砍成一截一截的，晾干，捆好，到出发时装到架子车上，去二十里外的县城卖。父亲为了安全起见，不想带我去，但我嚷嚷着非要去，父亲没有办法，只好让我趴在垒叠得高高的柴火堆上，我的心高兴地早已飞出了村庄，顾不得看别的，趴着也看不见什么，只听得架子车在"嘚嘚嘚"的声音中朝县城驶去。跑了二十里，卖完柴火，父亲买了些红萝卜、猪头肉之类的年货，我缠着父亲给我买了有生以来的第一本《新华字典》，这也成了我一生的至爱，百看不厌。上学时，我在同学间也炫耀了很长时间，完全忘了一路的冷风刺骨和父亲的提心吊胆。

青年时期的一件事令我终生难忘。1983年夏天，我考入西安的一所大学，父亲带我去公社缴粮。按当时学校的规定，考上大学转成城市户口，要去当地粮站缴纳一定的粮食，拿粮站的证明到所考上的大学办理转户手续。我们父女二人拉着装有几袋麦子的架子车兴冲冲地去公社粮站缴粮，说说笑笑间碰到了村子里的熟人。熟人问父亲：娃上大学，你把粮食交到粮站你吃什么？父亲一愣，又兴奋地说先缴了，娃考上学了，先上学去。自己吃什么，估计他当时也没有多想，要知道20世纪80年代的渭北旱塬并不富裕，有些人经常饿着肚子。这句话随风而逝，但说话人的语气声调和我父亲一瞬间愣怔的表情却像一根刺一样，一直深深地扎在我的心里，通过不断地吸吮养分，慢慢地发出了勤奋、节俭、思考、感恩的绿芽。

父亲是一个忠厚老实的人，因为有一定的文化，在村子里还当了几年会计，养了几年牲口，但又因为他秉性刚直、不会迂回，干了三年就被换了下来，就开始种庄稼，农闲时换油、卖柴，到外地打零工挣钱。那时候，大家都吃不饱肚子，我们家人少，加上父亲勤劳，就很少有饿肚子的时候，最多是今天借明天还，或者一连几天吃红薯，碰上父亲打零工，就会捎回来几个工地上的杠子馍，这足以让我们幸福很长时间了。

岁月如梭，流年似水。转眼间，父亲已成了八十岁老人，跟随我进城生活了近十年。他克服了从农村到城市人生地不熟的困难，在家看书记笔记，在小区散步，帮助我收拾后院的花花草草，早已融入了城市生活。小病小灾的从不吭气，自己解决，生怕影响了我的工作和生活。

这就是我的父亲，一个忠厚、老实、勤劳、善良的父亲，既平平常常又与众不同。

致husband

你该长大一些，不是说个头，是人。

你一米八〇的个头，和我一米六五的身高，在外人看来刚好。但在我看来，这绝不是重要的，你肯定明白。相似的面容，相近的言谈和举止，以及洒脱的性格，这也不是重要的，肯定不是。

你将有个新家，不再来去匆匆地无处着落，在心的天地上，你有了栖身的小窝。你有了属于你的她，虽不是那么贤惠和温柔，不那么漂亮和妩媚，但如川菜，有自己的味道。你说是不是？我不是吹牛，绝对是。

你应该先去掂量掂量"家"的分量，然后我们再剪刀石头布。谁赢了谁的主动权就大一些，行不行？

我期望我们的新家自主、平等、和平，有一种温馨祥和的气氛。你不把应酬的酒味和烟味带回家，我也不把工作中的烦恼和暴躁带回家，你为我们的新家奉献胆量和勇气，同时，还要有深沉、温存的感情；我对我们的新家奉献智慧和耐心，外加似水的柔情。然后，我们共同去收获属于我们两个人加倍的幸福，怎么样？谁合理谁的话语权大一些，你不该有大男子主义的架势，我不充当"女强人"的角色，你所要求的，我101%给予你，我所要求的，你也得尽量给予我。当然，我们还应该各自留有自留地，存在于你我心灵的隐秘处，这不影响我们的家吧？

你该长大一些，真该长大一些，做我坚强的依靠，在我很累很烦的时候，可以让我靠一靠、歇一歇；做我可以仰望的高山，当然，我希望我也能够充当你徜徉不尽的水……

不要在我生气和烦恼的时候去较真，不要在我不讲理的时候重复你的真理，那你肯定捞不到好处，家好像也不是讲理的地方。不要让我在太多人面前失去面子，不要让我感到委屈；不要离我太近，以至于你看透了我，使我无地自容；也不要离我太远，以至于在我需要你的时候，够不到你……

我希望从你那儿得到力量和勇气，得到智慧和包容，得到勤劳和勇敢，而不仅仅是温存和关心；我希望你接受、爱我的家人，如同接受、爱你的家人一样；我希望我们活得自在，活得洒脱，活得充实，哪怕物质上我们并不富有……

可是，也不要失去了你自己，这也很重要，对吧？

虽然我们已经领取了结婚证，法律上我已成为你的妻子、老婆，但我还不习惯用丈夫、老公之类的词语称呼你，更不喜欢用亲爱的这类煽情的词汇，还是坚持上学时的习惯，互叫名字吧，但为了体现此文的特殊及与平时的称呼不同，请允许我借用英文称呼你——husband。

大哥

　　几个亲兄弟姐妹中，我和大哥长得最像，日常生活中，两家也走得最近。其他的兄弟姐妹们调侃说，这是有钱人爱有钱人，干事的爱干事的。言下之意就是我们俩都在外做事，家境相对比较富裕，就互相高看一眼，来往多一些，看不起其他家人，话里话外都有贬损的意思。

　　我和大哥长得像，原因不在我和大哥，是基因和遗传所致，说什么都没有用。可是，我和大哥走得近，来往多，这也是不争的事实。但这也没有影响我与其他兄弟姐妹之间的感情。来往多不一定对什么事情的看法都一致，我对大哥的感情也是由近到远，又回归理解、包容。

　　我记忆中的大哥一直很能干，这也可能与我以前见识短浅有关。我上高中时，大哥已经在现在很有实力但当时很破烂的澄城县尧头煤矿工作，是一个开票员。我班上有一个同学家住尧头矿。我们有一个周末便一起结伴去尧头矿，她回家，我去看望大哥。当时是真想看看大哥是如何工作的，看看他工作的环境，增加我考大学的动力，再顺便找他要些零花钱。

汽车开出了我上学的县城，一路往西，东转西拐，下了一个长长的大坡，便来到了尧头矿，只见乌黑的煤炭堆成了个小山，和四周的土塬形成鲜明的对比，煤堆里伸出一条小路，通至一个井口，井口上有吊煤的滑轮架子，旁边的地上有一整块大的钢板，汽车在上面停留片刻，我大哥过去给司机一个小字条，车就开走了。我不知道钢板是用来做什么的，问大哥，大哥说过磅呢。汽车来时上去一过磅，装上煤走时再一过磅，就知道人家买了多少煤。他的工作就是开票，计量一下汽车进来的重量和出去的重量，然后算出实际购买的煤量，把票交给司机。他在一间依塬而建、坐东朝西的小平房里办公，小平房粗糙的木门上用朱红色的油漆刷过，里面放了一张三屉桌子和一张单人床。晚饭时间到了，大哥跑出去两三里路，要了两份羊肉泡馍，用塑料袋提回来，算作招待我的晚餐，各自吃过后，又借了一张钢丝床支在他宿舍，一个晚上就过去了。

第二天天刚刚亮，大哥拦了一辆拉煤车，把我捎回了学校，并给了我五元钱，我记得我当时并不是很满意。

过了几个月，我写了一封信，让住在尧头矿的同学捎给了我大哥，信的内容是非常感谢大哥的接待，但学习紧张，生活清贫，贫血病老犯，没精力学习，希望他再给一些零花钱。结果，过了好一段时间，我这个同学才捎来了我大哥回的一封长信，信里夹了十元钱，信的内容是我出身寒门，要把心思放在学习上，不能养成大手大脚乱花钱的坏习惯等等。记得当时我很气愤，甚至还给带信的同学说了一席我大哥小气之类的话。但紧张的高二学习很快就冲淡了这种情绪，这件事就算过去了，甚至这件事的真实情况也淡忘了。直到前几年，大哥的儿子——我的侄子婚事临近，因为房子装修以及婚庆等琐碎事情和大哥闹了矛盾，我在劝和的过程中，分析大哥的性格特点和心理，突然想起了这事，想起了我大哥性格中不大方、不痛快的地方，他并不是针对他儿子，而是一直是这样，并形成了习惯。琐碎、认真、细致、执拗、认死理都是他性格的标签，对这些事的剖析也令我突然想起了我上大学时大哥唯一一次来西安看我时的情形。

我上大二时，大哥已经从煤矿的开票员调到了县城的一个卷烟厂工作，并且升任了科长，主管财务会计方面的工作。一天，大哥和大嫂一起来到了我上学的学校，把我带到校外的一个小饭馆吃了一顿饭，然后问我想要些什么东西。当时，不到二十岁的我心思并不在吃饭上，而是想买一身衣服，或者希望大哥给我些零花钱。没想到从老家远道而来的大哥只字未提这些，只是问我想要些什么。我寻思来寻思去，却说不出一二，又不好意思直接说想要点钱，或者买件衣服，只是说什么都不要。大哥两次三番地问，我一再地说不要，到了最后，我们走到解放路的一个新华书店里，我买了一本名为《少年维特之烦恼》的书，就分别了。

买这本书让我懊恼了很长时间，有一种既埋怨大哥不解我心思，又没有得到想要的东西的怨气。但看这本书却解决了我青春期的很多问题和困惑，我看了许多遍，而且宿舍里的其他人也借去看了许久，这本书至今还在我家书柜里放着。从这点来说，我还是感激大哥的。

我大哥如今已经六十多岁了，儿孙满堂，但还是固守着自己的处事方式，在现代的社会中有点格格不入。我们与时俱进地调整着自己，在和大哥不多的见面机会中就家长里短的琐事也劝说过他，开导着他，他也有许多小小的变化，但从根儿上还是坚持他自己长期形成的习惯。

因此，我心中的大哥就显得比以前平庸、落伍，但更真实了，他不像我年轻时想象的那样能干，但他是我大哥，我并不要求他完美无缺。

和母亲拉家常

我的母亲已经年近八十，但依旧精神矍铄，每每在一起拉家常，准会说起我小时候的事。这些事我早已忘记，经她反复讲述后又变得记忆深刻。比如，我们一直住在渭北高原平地用砖箍起来的窑洞里，我们家先前的窑洞是她和我父亲外加一个匠人慢慢地箍起来的。因为家里穷，买不起砖，别人家的窑洞三丈长，我家的却短了八尺，才两丈二长，这足足让她遗憾了十余年。直到后来住上了三口长三丈五的大窑洞，她心里才觉得舒坦了一些。再比如我小时候将一只小鸡踩得瘸了一条腿，偷偷地扔到了园子里，她晚上回来发现少了一只小鸡，再三追问我，我才承认。她说这些事情时，如同回到了以前，脸上一会儿笑容满面，一会儿怪嗔生气，也将我引回了少年时代，想起了一群衣着褴褛但无忧无虑的少年在蓝天白云下跑来跑去的情景。

那时候，我们渭北农村家里一般都有三四个孩子，课业又不太重，我们一般大小的孩子有空就成群结队，东家进西家出的，或者就在街道、村部玩游戏。那时，农村小孩子的文化生活单调。我们一会儿跑到碾麦场躲猫猫或者跳上麦垛滑溜溜，不小心就掀翻了人家的麦垛，招来大人的训斥；一会儿又玩儿老鹰捉小鸡，一群小孩追逐着，嘻嘻哈哈的，脚下生风，呼啸着来呼喊着去。我母亲说我踩坏了她小鸡的事情，就是我们一群小孩去我家玩儿，当时老母鸡正领着一群小鸡在院子里悠闲地散步，被突然而来的一群小孩吓得乱跑乱飞。有身体弱小的小鸡躲避不及时，不知道被谁踩了一脚，踩断一条腿。小鸡一拐一拐地叫唤着，天色将晚，大人马上回来了，该怎么办？有胆大的小伙伴就提着小鸡的一条腿，轻轻地将小鸡丢到了院子里苹果树下的草丛中。结果在母亲的一再盘问下，还是露馅儿了。后来母亲每每想起了这事，就会拿出来说道说道。

　　和这个小鸡的故事相提并论的还有摘绿苹果的事。五六个少不更事的孩子，你扶我我抬你地爬到了苹果树上，摘下了青涩的、表面还泛着白霜的苹果，你一口我一口地咬着，咬了一口就很快吐出来，又试着摘尝另一个。涩涩的味道还在嘴里蔓延，大人就回来了，发现了苹果树下一片狼藉，我不免又被教训了一顿。这些久远的事情我早就忘光了，但经过母亲一而再、再而三地描绘讲述，这些片段逐渐鲜活起来，串联成了我快乐的少年时代。

当然，母亲拉家常讲述以前的事情，总是从她最亲近的人开始，除了我，就是我儿子、侄子了。

有一年儿子放暑假回老家小住，在邻家串门时听见邻居家桐树上的知了在叫，便要求去逮邻居家树上的知了。邻家阿姨逗他说可以逮知了，但需要表演个节目。儿子就认真地表演了幼儿园"六一"儿童节教的一首歌，声情并茂的，却不知他歌唱完了，知了也飞走了，气得他又摇树又跺脚地说："知了飞走了，阿姨骗了我，歌白唱了。"至今儿子回老家，村里人还会问，这就是当年唱歌的那个小孩？

母亲讲的事情，就像发生在昨天一样，她什么时候想起来，什么时候就讲述一遍，甚至讲到了这句，我们就已经知道了她的下句。但我们还是认真地听着。

有人说，母爱是世界上最伟大、最无私的爱，母亲一生都时刻牵挂着需要帮助的儿女。我想，在母亲广阔的心里，永远装着的是儿孙的事情，这些事情滋润着她们逐渐干涸的心田，也温暖着儿孙们逐渐长大却被世间冷暖考验的心房，是儿孙们爱的港湾和源泉。

抢怀

　　宝宝遇上亲近的人，尤其是他的爸妈如果抱别的宝宝，他就一定会要求爸妈抱自己，或者不让爸妈抱别的宝宝。目前国家二孩政策放开，许多家庭会选择生二孩，有些大一点的孩子就会因为妈妈怀二胎时，或者二孩出生后爸妈不再把注意力全部放在自己身上，就和弟弟妹妹争宠，陕西把这种现象叫"抢怀"。

　　我们家最近就遇到了这种趣事，让人忍俊不禁。

　　我家大宝两岁半时，他妈妈生下了小宝。在怀孕期间，一家人就给大宝灌输有个弟弟妹妹的好处。大宝一直说不要弟弟妹妹，等预产期快到了，再问大宝，他不再说不要的话了，只是说要给弟弟妹妹放个臭屁之类的俏皮话，话里充满了无可奈何，被迫接受了自己要有弟弟或妹妹这个事实。

　　弟弟如期降临到这个世界，一家人忙前忙后的。看见襁褓中的弟弟，大家问大宝，要不要弟弟？大宝讪讪地笑着不语，也不再闹腾，只是自己玩自己的。一家人出去吃饭，大宝也乖乖的，没有了前面的激烈反应，只是晚上回到家时，一个人在客厅里摸摸这个、玩玩那个，也不像平时那样到处找妈妈，到处嚷嚷，也不和爷爷奶奶玩儿。等大家都准备睡的时候，问大宝和谁睡，回答说和爷爷睡，问妈妈呢，回答说和弟弟在医院里，平静得像个大人，只不过感觉到孩子好像有了什么心事。是啊，家里就剩爷爷奶奶和他，他爸妈和弟弟都还在医院，他只能选平时跟他在一起时间长一点的爷爷了。

　　第二天下午，带大宝一起去医院看妈妈和弟弟。一进病房，大宝看见妈妈正给弟弟喂奶，直接跑过去说："妈妈你抱抱我吧！"妈妈摸摸大宝的脸、头发，说喂完奶就抱大宝。大宝接着说："妈妈你现在就抱抱我吧，让奶奶和姥姥抱弟弟。"大宝一席话惹得一屋子人又笑又感叹，这小小的人儿，咋这么会安排事呢！

　　在医院的病房里，妈妈一会儿抱抱大宝，一会儿抱抱小宝。小的还傻，吃完就睡了。大的玩一会儿就要求抱，好像终于忘了刚出生的这个弟弟，高高兴兴和爷爷奶奶坐车回家了。

　　结果还没等到进家门，大宝突然说我想妈妈了，我要妈妈。于是便开始哭闹，说不要妈妈和弟弟在一起，要妈妈抱……我们给他讲故事，讲了一个又一个，想分散他的注意力，又给他洗脚给他喂奶的。但他的脚洗完了，又要放进去洗，奶喝过了又要喝，三番五次地闹腾。我们劝说他睡吧，睡起来就能看见妈妈了。到了晚上11点多，终于闹腾累了，睡了。

后来，妈妈和弟弟出院回家了，大宝高兴之余，还是要求在弟弟吃奶时也吃奶，弟弟喝奶瓶时要求把奶瓶里的奶给自己喝，让他喝自己奶瓶的奶，还不乐意，非要倒弟弟奶瓶里的，而且要求倒的比弟弟奶瓶里的多，否则就打翻奶瓶。家里人抱弟弟时他就会跑过来拉拉弟弟的手和脚。家里有个大老虎布艺玩具，以前是他自己玩，现在还要拿到弟弟面前挥舞着威风一会儿。

看着两岁半的大宝和刚出生的小宝，想着之前人们说的抢怀占怀的事，觉得生命是如此的美妙和奇怪。小小的一个人儿，竟然也有嫉妒夺爱的心理，不由得让人心生怜爱之情。

像我们这一代人，赶上了计划生育政策，没有养育第二个第三个孩子的苦累，但同时也失去了养育第二第三个孩子的乐趣。凡事都要一分为二地看待，不能既要熊掌又要鱼，既要潇洒自由地一个人独来独往又要享受家庭的天伦之乐。两岁半至三岁是一个幼儿的叛逆期，等大宝逐渐熟悉适应了家里的另外一个小生命后，也时不时过去和弟弟玩一会儿。大人问这是谁的弟弟，他就大声自豪地说是他的弟弟。

　　《周易·系辞上》言：兄弟同心，其利断金；同心之言，其臭如兰。真心希望我家两兄弟长大后团结同心，互相帮衬。

朋友

　　有位阔别几年的好友忽然在星期天的早晨打电话给我，还没等我听出她是谁，她就问我家怎么走，我没顾上回答她的问题，只是在记忆中迅速地搜索她是哪一位。在她的问候声中我突然反应过来她是我思念已久的好友时，我立即告诉她如何走能找到我家，告诉她我在家等她，路上要小心之类的话。放下电话我就连忙撑着发烧三十九摄氏度的沉重身体忙活着收拾屋子，准备丰盛的午饭，心想一定要好好招待一下远道而来的朋友。结果菜洗好了、切好了，等到了下午两点才见她姗姗而来，并且在出差的单位食堂已经吃过午饭。我连忙说那过两天再尽地主之谊请她吃饭。好友见我一身不自在，直笑我俗气，说几年没见咋变得那么老于世故，好像不吃一顿饭就不是朋友了一样，并说好不容易碰到了一起就别客套忙活了，好好聊聊。我一看她还是那快人快语的老样子，心里暖洋洋的，刚开始那点不自在早就烟消云散了。

那天，我们喝着茶，吃着水果，嗑着瓜子叙旧，一直聊到晚上，我的身体也不再那么沉重，病似乎一下子也好了许多。

送走了朋友，我的心情几天不能平静。高兴之余我又想起了另外一个和我无话不谈的好友，她和我住得并不太远，前几年还时不时聚聚，可是近两年她突然忙了起来，忙生意忙应酬，好几个月才能见上一面。有几次她突然出现在我的面前，我暗自惊喜她那么忙居然还没忘了来看我，可是还没等三句话说完，她就说她有事情要走了。顾不上寒暄、顾不上问候，办完事她就走了，好像总有干不完的事情。这使我不由自主地联想起那句名言：时间就是金钱。

我们相见的次数并不少，却并没有认真地说上几句话，因为每次都有很重要的事情等着她。我知道她不是来看我，只是有事，就只好将想要说的话又咽了回去。我只有偷偷地笑我自己太多情，笑我自己安于现状无所事事还抱怨别人忙，心中泛出一种淡淡的酸楚。因此等再见她时，平常滔滔不绝的我竟说不出一句得体的话，甚至不知道该如何问候，好几次我都想对她说一句想说却始终没有说出口的话：朋友，别太忙了，有空来坐坐。

丈夫儿子不在家

为人妻为人母，每天从早到晚照看孩子，料理家事，上下班，忙得团团转。年复一年，日复一日，总觉得很累。于是，常常想起刚工作时一个人轻轻松松毫无牵挂的日子，再看看那些一块儿工作还未成家的姐妹们，觉得她们好自由，心里很是羡慕。因此希望儿子快快长大，不再需要每天看管，我也可以找个机会看一场电影，享受一次卡拉OK，无牵无挂地在街上逛一天。

终于，走出围城的机会来了。有一天老公公上午接走了他孙子，下午丈夫说要去趟宝鸡。我心里顿时觉得好轻松，可以自由自在不受约束地过几天"单身贵族"的生活了，便不等丈夫交代完顺口说了句：不就是去趟宝鸡吗？言下之意是去趟宝鸡一两天就回来了，用得着那样叮咛吗？快走吧！丈夫再也没说什么就走了。

父子俩不在家的前两天，着实轻松。上班前不用急急忙忙地做饭送儿子去幼儿园，下班后不用抢着以百米冲刺的速度第一个冲出厂门去接儿子。可以不紧不慢地到菜市场买点菜，然后顺便在书摊上买本杂志，回家随便做一个什么菜，不用考虑儿子喜欢吃什么丈夫喜欢喝什么；然后再翻翻杂志，看看电视，不用担心正看着的书被儿子拿走；也不用为看哪一个频道的电视节目争抢电视遥控器；不用发愁洗衣机里的衣服还没有洗，一个人想干什么就干什么，感到好自在。

可是，好日子没过几天，心里便觉得空荡荡的。上班忙忙碌碌不知不觉也就过去了，下班回到家便觉得冷冷清清。正巧那几天旁边的一幢楼有户人家被盗，到了晚上，心里忐忑不安，有一种毫无依靠的感觉，便后悔不该让老公公将儿子带走，儿子在至少多个说话的，可以壮壮胆。听说那贼是从阳台上翻进去的，便不放心，一会儿看看门关好了没有，一会儿看看阳台上有无动静。好在贼没有"光临"，可丈夫却延长了归期，原先说的两三天早过去了，还是不见踪影。一个礼拜过去了，便开始一天一天地算，一天一天地操心：是不是病了？身上的钱花完了吗？还是要办的事不顺利？想着想着，倒反省出自己许多的不是。平日里，不该动不动就发脾气。

"单身贵族"的生活已经过了十多天，一个人却怎么也潇洒不起来。这才知道从围城里走出去的人是不同于原来就在围城外的人的，因为他的心里已经充满了依托和牵挂。在这个寂静的夜里，我写着这篇短文，再看看窗外淡淡的月光，我想儿子这会儿该进入梦乡了吧，丈夫也快回来了吧！如果他回来，第一件事就是一块儿将儿子接回来，然后再美美地吃上一顿饭，开心地玩上一天。

怀念婆婆

现在是1995年的10月，一晃，婆婆离开我们已经两个多月了，但是她的音容笑貌仍然常常浮现在我的眼前。

年刚过完的时候，婆婆因为腹胀到医院检查，才发现得了绝症，并且已经到了晚期。当时全家老少都接受不了这一事实，因为她的身体一向很好，除了骨质增生外几乎没得过什么病，因此便三番五次地化验检查，想推翻这一令人心悸的结论。从西医到中医，从四医大到咸阳肿瘤研究所，医院换了一家又一家，结果还是一样，没能留住她的生命。

婆婆一生共生育了四个孩子，两儿两女。年轻时家境贫寒，为了拉扯四个孩子长大成人，她费了不少心血，以至于六十多岁的人看起来像七八十岁。我爱人在家排行老末，最受婆婆疼爱。1984年他上大学之际，家中仍然一贫如洗。为了供他上学，婆婆省吃俭用，甚至舍不得烧麦秸，而是捡柴烧，将麦秸卖了钱供他上学。等我们都上班有了工资的时候，她还是精打细算，每一次给她买东西她都嫌多花了钱。婆婆虽然不识字，但脑子特好使，并能很快接受新事物。在给我看孩子的时候，每逢我的一些姐妹们来玩，她总能说一些时尚得不像农村老太太说的话，惹得我的姐妹们直乐。前一段时间老家划庄基地，因为两个儿子都在外面工作，认为在老家盖房子没人住，可婆婆坚持要盖，并说以后地皮值钱了想要都要不来，弟兄俩盖房子，以后住也行，还方便办厂子。话一出口乐得全家人直夸老太太有远见。

"八十岁老偏的是小"（关中方言）这话说得一点不错。婆婆平时最喜欢我爱人，得病以后，也照样喜欢小儿子在她旁边，总说小儿子伺候得好。兄弟姐妹几个都说她偏心。我爱人一直守在她身边，前前后后地忙着，没有丝毫怨言。

我们在城里有一间三十平方米的小屋，有一个只能放一张单人床的所谓的客厅，常住的是我们一家三口和婆婆，还有常来探望的大姑子和大伯子也会住下，有时实在感觉又挤又不方便。可是婆婆还是喜欢住在这儿，住房宽敞的几家请都请不去。在住院的一段日子里，她总嫌医院的空气不好，说住那儿心烦，没病都能住出病来，便晚上回家住，早上再去。半年里，我爱人几乎没上班，忙前忙后地寻医看病，并且自己学会了打点滴。六岁的儿子也习惯了每天起床后问候奶奶。西安的夏天又热又燥，我们的房子又窄又小，再加上疼痛折磨得婆婆时不时长吁短叹，我晚上实在休息不好，白天又要上班，时间一长，心里便有了些许的怨言。我便偷偷地对爱人说：让妈到哥家或老家住几天，让我换休几天。爱人试探着对婆婆说：好长时间没回家了，过两天我带你回去看看行不行？婆婆半天不言语，等了好久才说了句：等精神好了再回去。虽然我看着爱人半年不上班一直忙东忙西的有些着急上火，可这时我又能说什么呢？既然老人喜欢与我们相处，又舍不得孩子，挤点热点怕什么？就这样我们挤了多半年。

直到杜冷丁和吗啡片已失去了作用，婆婆在我这儿几次差点病危，爱人和大姑子才将婆婆送回了老家。

记得她病逝前我们最后一次回老家探望她的时候，她的神志已经不清楚，只有再三地提示才能认出人来。可是当我把刚从娘家接回来的儿子领到她床前的时候，她却毫不迟疑地说出了儿子的小名，并说十几天没见真想，然后又迷迷糊糊地说着胡话。就这样持续了几天，在回老家的二十多天后，她走了，去了另一个世界。有时想想，生命真脆弱，原先识大体最勤劳的婆婆，一年不到的时间就走了，离开了这个世界。

婆婆受了一辈子的苦和穷，刚看着四个儿女成家立业并摘掉了头上贫穷的帽子，熬到了儿孙绕膝、享天伦之乐时却匆匆地走了。婆婆走的那个晚上，我梦见西边天空上云雾缭绕，楼阁台榭，树木葱郁，如同仙境。早上起床后正在想这个梦是何意，却接到爱人的电话，说婆婆走了，叫我赶紧回去。

婆婆的灵桌放在她希望盖并已经盖好的新楼当中，每次看到灵桌上她那端庄慈祥的照片，平时她对我们点点滴滴的关怀和爱护就涌现在脑际。相比之下，半年多的劳累和奔波已显得那么微不足道，失去了的才倍觉可贵和珍惜。我为我曾有的那些许自私和抱怨汗颜不已，多么希望婆婆身体健康快快乐乐地生活着。

婆婆的坟地选在秦岭下面的滴河岸边，前方有潺潺不息的河流，后面是一片种满庄稼的平地，离家七八里路，阳光普照。希望长眠在那儿的婆婆能看到绿茵茵的麦地，能听到川流不息的河水，不会太孤单，不再有痛苦。

我爱我家

　　家是什么？有人说家是人的避风港湾，有人说家是人唯一能放松、回归自我的地方。家是人们的归宿和牵挂。

　　我爱我家，我爱我家那简单随意的装饰，爱那来不及装饰留下来的大块空白，我爱我家空气中弥漫着的温馨祥和，我更爱我的丈夫和儿子。

　　丈夫有略显肥胖的身材，有时时点缀平凡日子的幽默，有吃苦和勤奋创业的精神，有才华学识，更有倔强得让人难以接受的性格。但在我看来，这些优缺点都不重要，重要的是忙于应酬、忙于生计的他很顾家，也很孝敬老人。最让人不能忘怀的一件事就是有一天下班后，他回家没看到平时一进家门就能看到的我们母子俩而担心得到处找，甚至找到我的领导家去询问我的情况。事实上我下班后带着儿子同一伙姐妹们看电影去了，也没有留条，想着我们会比他早到家。结果那天他比平常早了一个小时到家。一个小时里，他骑着摩托车在家门口的几条街上慌乱地寻找，找到我们母子后，他才放心，才开始吃晚饭。

都说自己的儿子越看越心疼，越看越喜欢。虽然，十多岁的儿子正值叛逆期，已不像小时候那样听话、乖巧，但很好学，学习成绩也一直优秀，而且喜欢看课外读物，喜欢思考、提问，也喜欢匆匆做完作业就抱着足球、篮球往操场跑，喜欢打电子游戏，还能用笛子吹各种各样的曲调，是学校各种文艺会演中常见的"角儿"。随着年龄及知识的增长，儿子成了我们家茶余饭后讨论、争辩问题的第一辩手，且有长江后浪推前浪的感觉。

一家人坐在一起，看着电视或翻着报纸，一会儿说说这个，一会儿说说那个，讨论着当下的热门话题，吃着自己下厨做的家乡饭菜，不就是一种幸福的享受吗？在工作中寻求人生的价值是人生乐趣的一个方面，而在生活长河中家庭也是绝不可少的另一个方面。因此，我们都希冀并祈祷着家人幸福安康。

千千万万的家庭就构成了一个地区乃至一个国家。中国知识分子都有一种家国情怀，而这个情怀就是先有国再有家，只有祖国这个大家庭国泰民安、兴旺发达，立于强者之林，处于不败之地，我们每个小家才能有幸福快乐。同样，只有千千万万个小家辛勤劳动、创新创造、无私奉献，才能使国家这个大家更加繁荣昌盛。

　　因此，我爱我家，我也爱生我养我的这片土地，爱我的祖国。

给儿子的一封信

儿子：

我从美国探亲回来也有几天了，手里的急事也已处理得差不多，也休息好了，这会儿有空，我有话对你说。半个月的朝夕相处，让我觉得儿子长大了，不管是心智还是块头。儿子有自己的想法了，成熟了不少，找的女朋友既聪敏又善解人意，当然长相身材也都不错。你们两人处理问题的能力还行，估计在美国生活的能力都有了，这是让我们欣慰的，也是比较放心的。但是也有一些不足你要注意，不管你爱不爱听，我还是要直言相告。谁让我是你妈呢？

第一，凡事早做规划，不能到时候再说。美国当然很好，教育、科技、军事、卫生、空气都好。美国是发达国家，人又少。至于在美国待多长时间、发展多久、要不要绿卡？这些问题都困扰着我们。我觉得我们的想法并不重要，重要的是你要听从自己内心的想法。你喜欢美国吗？你愿意长期生活在美国吗？你喜欢它的文化和价值观吗？这是你要考虑的，你自己好好想想，不要人云亦云。喜欢，就留下；不喜欢，就回来。没有人会因为你留下了或回来了去笑话、议论你，因为除了父母，每个人最关心的是自己，而不是别人。出门旅游也一样，提前确定好时间、路线、旅馆等，不打无准备之仗。尤其是去一个新的地方，更要提前做好准备工作，不要到时候手忙脚乱。

第二，修身养性，提高对自己的要求。这次赴美探亲，我们觉得你心浮气躁，说话不加思考，不管别人能不能接受。比如避让车不及时，你爸说你时，你说你爸不会在美国开车，不懂美国交通，而且态度非常不好，还意气用事，在路上开车撒气，惹得你爸心里很不愉快，嚷嚷着要提前回国。回国后你爸还经常说你开车快和毛躁的做事习惯是他最担心的。祸从口出虽说是句老话，但很在理，请你记住了，时时刻刻提醒自己。还有，你翻脸比翻书还快，只为了一点微不足道的事就指责别人，这只能说明你不尊重别人，只在乎你自己的感受，这是一种自私的行为。严以律己，宽以待人，这也是句老话，请你记住这句话，并按照这句话去做，这样的话，你的路就会越走越宽、越走越远。反之，你就会成了孤家寡人，别人处处为难你，提防着你，你的朋友就会越来越少。

第三，注意安全，养成良好的生活习惯。安全的事讲过很多次了，但事关重大，不得不再讲一遍。人身、饮食、交通、财物、交友的安全都要注意。以前也说过你交网友的事情，网友都在暗处，谁也不知道对方的真实身份，因此一定要注意分寸。因为你不见面就永远不知道他是谁，见面就有一定风险，不要在网上随便说出自己的真实住处、财物状况、家庭情况、工作状况、出行计划等，这是常识，一定要记住了。也不要暴食暴饮，这会损坏身体的，饭要吃八成饱，不能吃过量，不管有多么喜欢吃那个东西，也不要管那个东西便宜不便宜，要不要钱，身体健康才是硬道理。爱吃就多买几次，多吃几次，不要一次吃多了。不要钱的东西再好，也请放弃，留给那些需要的人。请将你的眼光放在感兴趣的人和事上，集中精力培养一两个兴趣爱好，丰富一下自己的生活。弹琴唱歌算一个爱好，不行我就给你寄几本字帖吧，练练字也好。

第四，尊重和呵护女朋友，做个有责任、有修养的男子汉。你女朋友是个优秀的女孩，你既然选择了她，就要爱护她、关照她。你有时会比别人多一点优越感，但也不能时时刻刻表现出来，不顾别人的感受。做人要学着低调内敛一些。也不要老是把钱挂在嘴边，为了吃一顿有优惠的早餐还要责问大家看没看懂说明，吃就吃了，给钱就是了，那边的早餐比国内也贵不到哪里去，更何况人常说穷家富路，在外面更要顺其自然，帮助自己克服困难，安全到达目的地。你们以后要出去玩，就照这次的标准住，不要老考虑省钱的事，住得太差，环境不卫生也不安全。要学会爱护自己喜欢的人。

第五，工作时专心致志，完成好每一个任务。工作是一个男人安身立命的根本，不管大小任务都要做，交差后，再做好反馈工作，并虚心听取别人意见，不一意孤行。

初入社会，而且是在国外，更要认真、细致，还要注意做好保密工作，多个心眼。有问题要多和家人、朋友交流。啰啰唆唆就先写这么多，请你耐着性子看完，别删，以后有空了再看看，对你有利无害。

妈妈

我的母亲

母亲是地地道道的农家妇女，没念过书，不识字。

母亲一辈子没有生育孩子，抱养了我和弟弟两人，因此年轻时便受到不少责骂和议论，也可能因为这个问题，我刚记事的时候，她常常和奶奶、父亲闹矛盾，每次吵架，她都哭着喊着说不想活了，要去跳井。在我们姐弟的哭喊声中和乡亲们的劝阻下，她终于打消了跳井的念头，从此，对我和弟弟更加关爱了。那时候生产队实行记工分制度，母亲带着我和弟弟两个，只能算半个劳力，一家四口只有一个半劳力，挣的工分刚够吃。有一年气候干旱，生产队只分了每人五十斤口粮，这点粮要坚持一年，不是易事。听邻居们说，母亲将白一点的麦面擀面条给我和弟弟吃，她和父亲则吃又黑又粗的窝窝头、面汤和野菜，就这样一直坚持到第二年麦收。

我和弟弟上学那阵，书本费还不算贵，但那钱对于老实巴交、只知道种地的父亲来说也不容易。因此母亲便借钱买鸡，养鸡卖蛋，靠卖鸡蛋赚的钱供我们上学。对于母亲来说，那些鸡蛋比什么都重要，谁也不能随便动。

母亲身体一直不好，医生劝她吃一些鸡蛋补补，可她怎么也舍不得。有一次父亲偷偷地拿了些鸡蛋到集市上卖了，买回来几盒烟，母亲知道后气得不得了，硬是让父亲将那烟拿到几里之外的集市上退了。

母亲是家里掌柜的，中国家庭里，掌柜的都多少有些脾气，我的母亲也不例外，而且脾气较大，她最受不了的就是我们不听她的指挥而各行其是。有一回我回家探亲，二十岁出头的弟弟在外打牌一宿没回家，第二天早上母亲便找到设牌局的那户人家，从牌桌上将弟弟拉起就往回走，没有一句多余的话，回家后才气呼呼地数落个不停。我劝说弟弟大了，玩一两次牌就当众拉他回家，这不合适。母亲一听我说她的不是，气不打一处来，便大哭起来，一会儿哭她命苦，一会儿哭我们长大了翅膀硬了，不听她的话了，一会儿说供我上了大学，现在挣了钱把家忘了，好不容易回来一次还和弟弟合起来气她，哭得很伤心，吓得我和弟弟不敢申辩一句。

等到晚上消了气，她便给信奉的神祷告说，让我上班平平安安，让弟弟打牌总输钱，那样他就不再打了。

　　以后的日子我再也没有顶撞过母亲，知道她那不合潮流的话永远都是为我们好，知道她的骂里渗透着无私的爱。后来，我的孩子出生了，母亲也有了外孙，家里的经济情况也有了好转，母亲感到顺心多了，便减少了她的哭骂，逢人都说儿女孝顺。她穿着我们给她买的衣服跑去别人家串门，不为别的，只为显摆她的儿女懂事孝敬，惹得我们背地里直笑。她经常说，东村谁家的孩子又有出息又能干，西村谁家的又好吃懒做又不孝顺，叫我们向好的学习。

　　哎！我的母亲——那在故乡惦记着我并为我夜夜祈祷的脾气大的母亲——您知道您的儿女魂牵梦绕着的还是那温馨的农舍和您忙碌的背影吗？

给父母亲的一封信

尊敬的父母大人：

你们好！

经过昨晚一夜的辗转难眠，现在我给你们提笔写信。虽然我与你们的家只差几栋楼的距离，什么时候都可以见面，但是我还是选择写信这一传统的方式，因为我实在无法面对你们，当面说出我内心的愧疚。

你们也都知道，这两年国家经济形势不好，我们公司形势也不太好，产品卖得慢，订单少，公司三万多人，加上职工家属有十万人左右，经营状况就成了十万人的晴雨表。

今年一开年，工作紧、任务重。你们也知道，我是公司里的一名干部，也要参加一些会议，参与公司的管理，带头执行公司的各种规定，因此自己能够自由支配的时间就少了，没有太多的时间陪你们。你们有时候来家里看我，不明白我为什么这么忙。我也给你们解释了，说精简机构、优化人员、抢抓订单、降本增效。你们知道什么是抢抓订单、增效降本，但不明白什么是精简机构和优化人员。我还给你们打比方说，就像一个胖子，走路总是快不了，只有减肥，变成一个精干的瘦子才可以快速前进。现在公司就像一个患了肥胖症的胖子一样，为了更好地发展、激发活力，也在瘦身。因此，公司各个部门都各司其职，上上下下都很忙。

　　昨天是个周末，本来想开车带你们去周边转转、散散心，享受一下春天的景致。可是没走多远，你们却说老家村里有个娃，大学毕业没找到工作，想来公司上班。当时我一听头就晕了，脸也不自觉地阴下来了，你们不知道公司目前裁人，形势紧张吗？还添乱！

　　那天转了一会儿就回家了，没有让你们尽兴。回家后，你们小心翼翼地看着我阴郁的脸，问这段时间公司汽车卖得快不快，看路上跑的车多了。我说最近还行，你们高兴得不得了，还劝我说："没事，别愁，我们每天晚上临睡前都给你们公司祈祷呢，让买家多多光顾。"

　　当时，我的眼泪就掉了下来。善良纯朴的老父母，谢谢你们的祝福。虽然我不知道是不是上天因此垂怜了我们，但是我们万千职工共同努力，最近我们的日子好过了，大家一扫心中的阴霾，工作劲头更大了。

　　我现在要说的是，谢谢你们！我的老父亲老母亲。你们远离家乡，跟随我到了人生地不熟的城里，不但要自己适应城市的生活，要学会用天然气灶做饭、用网络看电视，而且没有亲朋好友来往，还要替我的工作和公司担忧。

下个周末，我们一起出去好好转转吧！

顺祝安康！

女儿

有个小孩叫我奶奶

四十岁以后，就偶尔听到周围的亲戚让小小的稚童叫我姑奶、姨奶。当时听后觉得很不习惯，心里想我这么快就当奶奶了吗？我有那么老了吗？因为我和爱人在家排行都小，叫我姨奶、姑奶甚至二奶（我爱人在家排行老二，老大的孙子就叫我二奶）的孩子加起来有十余个，我对这些孩子也没有什么太特殊的情感，也没有觉得有多大的责任。这些小孩大多是我侄子、外甥的孩子，有时候这些小孩来家里玩，我也只是问问年龄、名字，拿出些好吃的、好玩的，陪着他们吃吃喝喝，最多也就一两个小时的光景，他们就回去了。我该忙什么还忙什么，心里也就不再挂念这些小娃娃了，只是有时候突然想起来那个孩子好像三岁了，快上幼儿园了，那个孩子可能六岁了，该上小学了，但也只是想想而已。孩子的父母不主动说起，自己也不会过多地去问。除非这些孩子的父母经常带孩子过来串门，才会引起我格外的注目。当然，过年的红包、生日的礼物，这些仍是必不可少的，至于这些孩子喜欢什么、讨厌什么，我并不得而知。

2016年夏天，年过半百的我有了自己的孙子。这种感觉是奇妙的，我以前也没有过这神奇的感觉，好像他没出生时我们就见过一样。他妈妈刚刚怀上他时，我有一天晚上就做了个梦，梦见儿媳身上掉下一块肉来，肉里掉下一把我家房门上的钥匙，钥匙上刻印着"金鳟"两个字，和我拿的家门钥匙一模一样。

夜半梦醒，我百思不得其解，用手机查周公解梦，才知道梦见身上掉肉主怀孕，梦见钥匙主男孩，是个胎梦。第二天我忐忑地给儿媳打电话，得到的消息是她确实怀孕了。再过了大约半年时间，晚上睡觉，半梦半醒间，看见一个脸圆乎乎的男孩从我眼前一晃而过，神似我儿子小时候的模样，转瞬间清醒。我想是我孙子向我报到了，就这样我在梦里见过了他，见过了我尚没有出生的孙子。

在漫长的不安和期待中，2016年6月的一天，我的孙子呱呱坠地。这个长着粉嘟嘟小脸的婴儿，刚出生眼睛还没有睁开，小脸上就笑盈盈的，一会儿笑一下。哭的时候，眼角竟然还挤出一滴大大的泪珠，让人惊奇不已。出生第二天我抱他去洗澡时，看见护士抓握着他的脖子，把他竖立在水池里，像洗萝卜那样洗他时，他大声哭喊着，小小的脚丫子前后挪腾，一副要走路的样子。

二十多年没有抱过婴儿的我，不知如何下手去抱。在医生和护士的指导下，把婴儿头和脖子靠实在自己的胳膊上，搂住婴儿的屁股，经过多次训练，我终于掌握了熟练抱婴儿的技巧。两天里，我不但学会了如何抱婴儿，还学会了如何给他穿衣、换尿不湿，学会了用奶瓶给他喂奶，学会了在他小脸憋得红彤彤时检查他的尿不湿，学会了洗干净他的小屁股并用柔软的纸擦拭干。这些刚开始不顺手的活计，经过一两天的培训学习，都变得熟稔起来。当医院的其他家属问起这孩子是不是我的孙子时，我已经从刚开始不由自主地脸红变为了喜悦和自豪。

孙子刚出生时，我确实有段时间不习惯，突然有人叫我奶奶了，而且前面不带任何的定语，只有两个字：奶奶。不习惯自己突然成了奶奶，突然升了辈分，不习惯对着襁褓中的孩子自言自语。只是默默地抱起，默默地放下，默默地喂奶、喂水。这个暂时的不适应，很快就被医生及其他有经验的孩子家属纠正了，说要对着襁褓中的婴儿说话，如"奶奶抱""不急""不哭"等。医生说要经常和孩子说话，孩子能听懂，知道有人在跟前就很乖；孩子醒时要和孩子玩，孩子咿咿呀呀学语时要附和他，这样孩子就聪明些好沟通。

有经验的人东一言西一语地说着、指导着。我手忙脚乱地学习着新的育儿经验，虽然我有以前养育儿子的经验和底子，但好像已经不符合新时代的要求了，现在有了新的、不同的育儿理念。

我怀着对这个新生命的爱护和喜悦，在报刊上、网上学习着与他沟通交流的方式，学习着新的喂养方法，关注着他的一笑一颦、一举一动，慢慢地就和他混了个脸熟，以至于他看到我时总笑脸盈盈。

斗转星移，两年过去了，当时出生时重六斤、高五十厘米的小宝贝已经长成重三十斤、高九十厘米的幼儿。他会手舞足蹈地哈哈大笑；会随着音乐摇头晃脑地跳舞；会看着满大街的汽车指出许多品牌；会兴奋地说这个不一样那个不一样；会在搭建积木时分清颜色；会在搭建好的积木楼房里给家里的每个成员分配住房，当然熟悉的优先，不在跟前的不给分；会在一家人都在时选择最爱的人陪他玩；会在你一个人陪伴他时贴在你耳旁说爱你，全然不顾刚刚还讨厌过你。

这个小人儿，几天没有见，周末去看他，开门问宝呢。他就会放下手中的玩具，老远跑过来，嘴里奶奶奶奶地喊着，跑到你跟前抱你，甚至假装咬你，以表示他的兴奋和热情，让你十分受用，恨不得把自己全部的、最好的东西都给他。

我想除了传统意义的后继有人、血浓于水这些因素，过去两年时光里利用一切空余时间对他的陪伴、看护都是幸福快乐的，一切的照顾和关怀都是发自内心的，那是世界上最长情、最纯粹的爱。我陪他成长，他给了我更多的欢乐和活力、希望，他在我心里是那样的与众不同。不用说什么太大的道理和感受，只是这些可爱的行为和言语，就促使着我更加健康地生活、认真地工作，让我的心更加柔软、善良和宽容。

　　这个叫我奶奶的小孩，有时让我在周末离开他时恋恋不舍，有时让我在开车路上思绪万千。祝愿他在父母的呵护下、在大家庭每个成员的关注爱护下，健康快乐地成长！

　　这个叫我奶奶的小孩，衷心地祝愿你茁壮成长，长大做国家和社会的有用人才。

老公公设考

老公公三岁丧母，十岁时父亲被国民党拉了壮丁，中间捎回来了一块银圆后，从此就杳无音信。他从小就在他姑姑家长大。按说命运多舛，一般人就会伤了元气，没有了精气神。但他却在艰难困苦的生活中养成了勤劳、诙谐、聪慧的品质。不熟悉他的人一打眼就会感觉到他的精明，这体现在他明察秋毫、一丝不可侵犯的眼神里。其实熟悉后就会发现他与人相处时还是经常替别人着想，宁愿自己吃亏，也不让别人吃亏，人还是和蔼可亲、蛮大度、很好接近的。

他自己吃穿上节俭，但也随性爱抽烟爱喝酒，抽的是老旱烟，喝的是一般白酒，自己也爱交朋友。对自己的孩子又爱护又严厉，生活上要求艰苦朴素，工作上要求能吃苦少享受。大家庭里人员多，孩子们都人到中年，日子有越过越好的，也有过得一般的。婆婆离世后，老公公就很少独自在某一个儿女家里享乐，却时刻记挂着日子过得一般的孩子。他自己依然是一副中国式家长的做派。

我与老公八十年代中期谈朋友时，就认识了老公公，当时他应该有六十五岁左右了。当时我也没有觉得他与一般农村的其他老人有什么不同，认为他就是一个普通的农村老人。因为没有在一起生活过，就相互了解得很少，只是在逢年过节时回家才相聚几天。

我生儿子休产假时，到了儿子快过百天的时候回公公婆婆家住了一个月，才算正式与公公婆婆朝夕相处地生活了一小段时间。这一个月里，我感觉到老公公粗中有细，不但农活做得好，而且还会做饭，这令出身渭北农村的我很是惊讶。因为在渭北农村，男人俗称外天人，只是外出打工或者干地里的农活、喂牲口割草之类的活计；女人俗称屋里的，一般是在家做饭、看管孩子、打扫院子、收拾屋子的。男人一般不会做家务和饭食的，这些都是女人做的事情。所以说，我刚住进公婆家时，看见老公公杀鸡、炖鸡、煮汤、压面，很是新奇。这个月里，我除了在家陪孩子，就是和公公婆婆一起出门走亲戚，比如到附近不远的大姑子二姑子家里做客。

有一天，我们去了三四里外的二姑子家做客，适逢二姑子家里还来了两位老人和老公公一起说二姑子家院子界墙的事。原来二姑子家先盖了两间两层的楼房，院墙也起好了。

后来，他们邻居家在盖房时，应该是借用一边的墙做公共的墙，出一半的费用，这和南方盖房都是独家院子是不一样的。而她家邻居借用了二姑子家先盖的一边院墙做了两家的公共墙，却没有和二姑子说费用的事，而且邻居房子后面自己砌的院墙又比二姑子家的高了一砖。这在关中一带是有违礼俗的，而是应该约定俗成盖成一样高低的，几家一排，院墙整整齐齐一般高、一般长的，否则就会认为高的一家占了低的一家的风水。二姑子愤愤不平，嫌人家没按规矩办占了上风，又要告状索要她先建墙的一半费用，就经常在自己院子里指桑骂槐的，两家渐渐地就有了矛盾。这天我们去时，她又是骂又是找来村里的两个老人说道。老公公和他们在院子的天井里喝茶说话，我在屋子里陪娃玩儿，突然听到老公公在院子里叫我的名字，说让我出来一下。我不知何事，急忙跑出去看。这时，老公公指着我对其他的两位老人说，这是我家老二的媳妇，大学生，又转头问我，你听我们说什么了，我点点头。他们就在窗前的天井里说话，声音一个比一个大，我当然听到了，但我没有想到老公公会叫我出去。你说说这事如何办？老公公当众问我。我有点窘迫，不知道老公公葫芦里卖的什么药，可是，当着那么多的人的面，村里的老人，二姐夫二姐，我却不可能不说话。我突然想起"六尺巷"的故事，清康熙年间，张英担任文华殿大学士兼礼部尚书，他老家桐城的官邸与吴家为临，两家院落之间有条巷子，供双方出入使用。后来吴家要建新房，想占这条路，张家不同意。双方争执不下，就将官司打到了当地县衙，县官考虑到两家都是名门望族，不敢轻易了断。这时，张家人一气之下写了封信给张英，要求他出面解决。张英看信后，认为邻里应该谦让，就在回信里写了四句话：千里修书只为墙，让他三尺又何妨？万里长城今犹在，不见当年秦始皇。家人阅后，明白其中的含义，就主动让出了三尺空地。吴家见状，深受感动，也主动让出了三尺房基地，"六尺巷"由此得名。我就原原本本把这个典故说给他们，老公公一听，严肃的脸突然笑了，给院子里的几个人说，还是大学生水平高，然后就当众给他二女儿二女婿说："你们好好过自己的日子吧，这事以后就不要再说了。"这一场邻里纠纷就这样简单地平息了。这是第一次老公公给我设考，结果看来他是满意的，我这次考得不错。

有一年国庆节假期，我们一家三口去兴平的老大家看老公公。这时候老公公已经是七十多岁的人了，而且婆婆已经过世，他一些时间自己在老家住，一些时间随老大在老大工作地兴平生活。记得当时的十一国庆只放三天假，我们一家三口在兴平的老大家住了两天，第三天就要回去上班了。10月3日这天，我们打算吃过早饭后回西安，计划回去放松一下，稍事休息后上班。

这天天公不作美，大雨倾盆，早饭后临坐车时雨还没有变小的趋势。我们要步行到两里外的公共车站，坐上兴平到西安的长途汽车，到了西安玉祥门汽车站，再换乘西安东郊的402汽车坐到终点站，再步行两站路，才能到我们在西安东郊的家里。天下大雨，拖家带口地出行就不会那么潇洒。

我们一家三口收拾好，准备出门坐车回西安。这时老公公突然说他要和我们一起走，并抱来一捆说不上来是什么树的树干，枝丫四伸，只有枝干没有叶子。他说他要回老家长安栽树去。我看着窗外的大雨，又看看脚下粗细长短不一的一捆树干，觉得下雨本来坐车就不方便，如果我们这样子去坐长途汽车，很狼狈更不方便，便为难地看看老公。他没有说话。然后我就对老公公说："爸，今天雨很大，不方便坐车，等雨停了，明后天您和大孙子一起过来？在西安住几天，然后再到老家长安去种树吧？"他的大孙子当时也在西安的一个单位上班，和我们家离得不远。老公公看了看我和老公，说："不去了。"就回房子去了。雨确实下得大，老公也没有表态到底是应该和老公公一起回还是我们先回。然后我们家三口就出了门，准备坐兴平至西安的长途汽车回西安。我们刚走出大哥家门没有多远，大嫂子电话就追了过来，说老公公在家表扬我呢，说我是大学生，不想让他去，却说什么雨大，坐车不方便，找借口呢。哎呀，这事办的！我们三口立马返回去，接了老公公一起回了西安。虽然老公公一路上、包括在我家住的三四天里都没有再说什么不满意的话，而且在天气好了之后也按他的计划回老家栽那一捆不知道是什么品种的树去了。但我知道，这次老公公对我的考试，我考得并不好，这可能与我怕麻烦、怕在公众场合被人指点、怕丢脸的虚荣心有关。

20世纪90年代末，自从我在西安终于有了一套自己的两居室房后，我们一大家子过春节就从兴平的老大家转移到了我家，一家老老少少八口人，不够住就借朋友的房子或者住附近的招待所。反正一般是大年三十集结，大年初二请来大部分在长安老家工作生活的外甥外甥女侄子侄女吃饭（陕西一些地方叫待客）后就结束了，大家各自回自己家里走亲戚或者待客。这一习惯，一直坚持到老公公去世后的好多年。老大家的两个儿子成家包括我儿子结婚后，实在是人口众多，家里放不下，就改在酒店待客了。

记得1999年春节，一个朋友给了我一瓶五粮液，那时候五粮液也就是一百九十元左右，但那时候我的工资每月却只有不到三百元。这年除夕，等菜都上了桌子后，我突然想起了这瓶从来都没有喝过的好酒，也知道老公公和几个侄子爱喝酒，尤其老公公还馋酒，几天不喝就想酒了，就打开了这瓶五粮液。大家刚喝了几口，老公就显摆说：今天喝的这个酒就是我买的，这酒一瓶小二百元呢。这时候，只见老公公重重地放下了酒瓶，并把酒杯里的酒准备倒回到酒瓶中去，气呼呼地说：败家子，不喝了。并指着我一顿数落：你不要一饱忘了千年饥，你才当了几年干部，工资才涨了几天，就忘了你前些年受紧受苦的日子。我记得前几年我去你那租的房里看你们时，你中午买了一个莴笋，炒莴笋下面条吃，你把那莴笋皮削得薄薄的，皮是皮，笋是笋，一点都没有浪费；今天我坐在沙发上看你削莴笋皮，手快得很，削去了很多莴笋，这么贵的酒，你也舍得买！常言道：男人是耙耙，女人是匣匣。这酒今天不喝了！老公公说完这一席话，又开始把倒到酒杯子里的酒往酒瓶子里倒，无奈这种酒的瓶口有机关，倒出来的酒是倒不回去的。我哭笑不得，赔着笑脸给他解释说，酒是一个朋友过年给的，不是自己买的，也没有那么贵，是他儿子不知道胡说呢。这酒是倒不回去的，洒在外面或者倒了更浪费，大家都没有喝过，还不如都尝尝。就削莴笋的事，我不敢解释，只在心里偷偷替自己争辩，吃饭的人多，手是快了些，有些浪费。见大家你一言我一语地劝说，老公公慢慢地也就消气了，气氛又好了起来。我看老公公脸色好转了，忙问他记得不记得有一年过春节初二待客后，他还接二连三地请来熟人喝酒，我和婆婆刚刚收拾停当，还没有休息，就听得他喊婆婆炒菜的事。老公公笑着说就是，过年喝酒就是图个热闹。我记得老公公和来的人一起喝酒，刚刚凑出两个下酒菜，第一波吃完刚走，我和婆婆还没有收拾停当，又来了第二波喝酒的朋友。气得婆婆在厨房直骂，因为实在是没有什么好炒的啦，压的面也下完了，吃光了，臊子面是临时做不出来的。我问公公那时候喝的什么酒？公公说是绵竹特曲，每月老大给买一箱。我说大哥每月给你买酒喝，你喝高了就批评大哥大嫂。老公公随即不言声了，但依然高兴，大家高高兴兴地吃了年夜饭，去看当时还非常精彩的春晚节目，我收拾着剩下的残羹冷炙，心里想，这次考试，估计刚刚及格吧。

这以后没有几年，老公公八十多岁时，驾鹤西去，但他的智慧、狡黠及飘逸的风骨和这些温馨的故事却永远留了下来。

父亲写遗嘱

2019年秋天的一个夜晚，去父母住处吃晚饭，饭后与父母还有平时照看父母的表妹一起看电视。表妹在老家事不多，我八十多岁的父亲去年做了前列腺手术后，吃药、恢复、出去遛弯都需要有人陪同，我就将表妹从老家接了过来，平时替我照顾他们的日常起居。两年来，她与我父母相处得很融洽。

看电视时，父母亲提起当天下午的时候，老家来了一个邻居，和他们用了一个下午拉家常。我问他们都说什么呢，能说一个下午。父母亲说，说东说西都是老家村子里熟悉的人和事，无非是哪家老人又病了，哪个老人又走了，哪家孩子出息了，哪家儿子媳妇孝顺或者不孝顺了，还有村子东头谁家老人晚年享福了，村子西头谁家老人晚年孤苦伶仃没有人管了，等等。

一边看电视一边聊天，突然表妹问我父亲说：姨父，人家下午还说了一件事呢，你咋没有给我姐说？这事还挺大的，是关于你和我姐的。

父亲犹豫了半天，但还是没有说什么。母亲也开始在一边督促父亲，让他别吞吞吐吐的，让他痛快一点。父亲这才不好意思地说，我以后老了（渭北方言：去世了）就按照基督教的仪式举办个葬礼，这样简单，也不用叫乐人、放鞭炮、祭奠。我当时并不知道老父亲为什么那时候会想起来说这事。

我知道我父母亲六十岁左右的时候和村里的许多人一起信奉基督教，周日还结伴一起去附近的教堂做礼拜、念圣经、唱赞美诗什么的，这样一直延续了二十多年。父母亲平时也说过自己去世后要按基督教仪式过事的事，说这样省事，也算信奉了上帝，就按上帝的旨意办，对上帝和自己都有了交代。我平时经常听着，也都听习惯了，根本没有想到这次说的与往日的有什么不同。事实上，这次说的就是与往日说的不同，这是我事后才发现的。

只听表妹问父亲：你说说今天村里来人，你说起这事，人家咋说的？人家不是让你写个东西吗？父亲才接着说村上来的人提醒他写一个字据或者遗嘱。父亲说他们一起聊起按基督教仪式办后事的可能性和细节。村里来的人觉得我父亲应该写一个类似于遗嘱的说明。我问父亲为什么要写一个遗嘱呢？母亲插话说，不写一个东西，村上人老了办后事都是按世俗上的习惯叫龟兹（乐人）、唱戏、祭奠、放鞭炮埋人呢，你大（父亲）要用基督教的方式办后事，你叔、你表哥、你堂弟如果不同意怎么办？我的天，原来是这样！我按我父母的意愿养老送终，而且也没有违背公序良俗，我叔呀、我表哥堂弟呀一年到头都见不上几面，为什么会不同意呢？！我想着这事可能有的结果，没再言语。父亲见我不吭气，又说今天村里来的人把话和他说透了，说如果他老了，我叔等亲戚不同意按基督教礼数办后事的话，我就会夹在中间左右为难的。我开玩笑地说，要不您就按世俗的办法来，要不如果他们谁不同意的话，就让他们谁给你送终吧。

父亲说，这不行，这两个都不行。我以后给你写个东西，他们有意见你给他们拿出来看一下，说这就是我的意思。我这才知道了父亲这天说的用基督教礼数办后事与以往说的不同。以往只是口头说说而已，今天他和人已经商议过了，理清了这中间的头绪，想好了细节，是认真的，有交代后事的成分在里面。我的心不由得也沉重起来。但仔细琢磨父亲说的是以后写，并不是现在写马上写，我的心又有些轻松起来。

可是我母亲和我表妹你一言我一语地劝说我父亲让他当时就写。我感觉这里面好像有些逼宫的含义在里面，但是看到父亲看我时我又没有说什么。她们的意思是你现在都八十好几了，身体一天不如一天，还能写却不写，到以后更老了，意识都没有了，躺在床上糊涂得不会写，到时候如何办呢？老父亲说不会吧，到时候我写个东西。

我们全笑了，到时候，到时候您老在什么地方如何写呢？

表妹更直接地说，到时候您老了就不会写了，我姐又是这么个情况，言下之意是说我不是我父母亲生的，没有血缘上的关系。她说其他血缘近的亲属来阻挡或者不同意按你的意思办，我姐也说不清楚，你的意愿就实现不了了。

父亲想了想，点点头说：就是的，我现在就写，你们拿支笔给我。我表妹拿来了父亲平时看书记笔记的笔，找了一张稿纸，父亲戴上他平时最喜欢的石头眼镜，坐在平时看电视的客厅的沙发上，身体弯曲到沙发前的茶几前，一笔一画地开始写起来。题目"遗嘱"二字刚刚写好，我看见父亲眼圈红了。父亲问我这样写行不行，我说您不想写就不写了吧，到时候再说。父亲说写一个好。我说那就是这个意思，证明一下，现在有许多有钱有势的人在一定时期还经常写遗嘱呢，还时不时更新一下，不奇怪。父亲一听没接话，直接写上了。纸上一会儿写了两行字，我看了一眼，大意是我是谁谁谁，我身后事要按照基督教仪式办理。写到这儿，父亲抬起头，以商量的口吻问站在身旁的我说：能不能加写上一

句，由你负责之类的话？我说可以。我想，不由我负责那由
谁负责呢？我唯一的弟弟离世已经十余年了，父母又没有其
他的孩子，他们的两个孙子都二十来岁，担这个重担恐怕还
为时尚早。父亲又加上了这句话。我看见父亲的眼眶又潮湿
了，眼泪即将溢出眼帘，但父亲没有伸手去擦，而是用暴露
着青筋的手更用力地在纸上写下他的名字、年月日。

写完短短的几行字，父亲拿起纸又看了一下，又出声
念了一遍。突然发现其中一个字没有写好，错了一个偏旁部
首，但加上去又不好看。他就重新认真地又誊写了一遍，写
完再三审阅，然后便递给了我，问我，把这放在什么地方？
当听到我说和他们的身份证户口本存折放一起时，父亲说
行。然后大家就转移了话题，又开始看起了电视。

我怀里揣着父亲写的这个字条，心里沉甸甸的，不知什
么滋味。是啊，这是父爱是信任还是信仰还是什么其他的情
愫，我说不清楚。我只知道，父亲养育了我，父亲把他的后
事，这简单的、女儿不会被别人为难笑话的、又体现他意愿
的后事嘱托给了我，他最亲近最信赖的人，这就够了。

这一天还是不要早点到来吧！这个遗嘱最好不要由我去
执行！不是我懒惰，也不是我怕担责任，而是我希望我父亲
能够按照他的希冀，能够看到他的两个孙子长大成人，重孙
满院乱跑，实现了他的愿望后由他的孙子执行。

后记

《时光的印记》仿佛是从昨天穿行过来的，准确地说，收录了从1984年春我上大学一年级时发表的第一篇散文，到2022年秋冬职业生涯快结束之际发表的最后一篇散文。

2020年，我实现了文学旅途的第一个小目标，中国工人出版社将我以前发表的散文和诗歌结集出版了，名为《时光的声音》。和所有的文集一样，那本书的出版有诸多遗憾。许多文学界的朋友问我：为什么不出散文或诗歌的专集，而是搞了一个散文和诗歌合集？言下之意是那本书不伦不类的，像大杂烩。其实大家不知情的是，数十年间，忙于工作，忙于生计，我的文学库存里就没有足够的存货。我一直认为，所有目标的实现都伴随着遗憾，《时光的声音》也不例外。

我和大多数人一样，一生远非坦途，也非风光无限。但我热爱生活，热爱生活赐给的所有遇见，经常是一面探索寻找，一面挣扎奋斗，然后付诸思考和写作，我是"我思故我在"的忠实实践者。

工作之余，我把自己人生中的所思所想所感，用文字的形式记录下来。写的柴米油盐、琴棋书画、友情爱情、人生感悟都是很自我，很真诚，很质朴的，有的可能是有失偏颇的，谈不上精彩，更谈不上深刻，但所有的文章皆源自本心。

非常感谢高亚平先生在百忙中为《时光的印记》写序，非常感谢太白文艺出版社副总编辑申亚妮女士、责任编辑姚亚丽女士的辛勤付出，因了你们的劳作，这本书才得以面世。也非常感谢对我文学写作予以支持的各级领导、文学界朋友、同事、家人，有了你们，我的文字会越来越精彩。

生活是纯粹的，也是现实的。每天都是现场直播，没有彩排，没有浓墨重彩的装点。我作为一名文学的寻梦者，将我认为应该写出来的东西写了出来，我深知自己才疏学浅，功力不足，我也真切地希望得到文学界前辈、老师、同仁及广大读者的批评指正。

同亚莉

2022年10月26日